U0111685

大展好書　好書大展
品嘗好書　冠群可期

1. <u>What I like to do</u> <u>is</u> to study English.
         s.   v.

我想要做的事是去學英文。

〔註〕：What I like to do 是名詞子句，在句中當
主詞。

2. Do you know <u>where he lives</u>？

你知道他住那裏嗎？

〔註〕：名詞子句 where he lives 當動詞 know 的
受詞。

②形容詞子句 —— 有形容詞功能

例：

1. This is <u>the book</u> <u>which I bought yesterday</u>.
              o.

這是我昨天買的書。

〔註〕：形容詞子句 which I bought yesterday，
修飾名詞 book。

2. The man <u>who lives next door</u> <u>is</u> a police officer.
         s.   v.

住在隔壁的先生是一位警官。

〔註〕：形容詞子句 who lives next door 修飾名
詞 man。

③副詞子句—有副詞的功能

例：

I <u>was studying</u> English <u>when you called</u>.
      v.

　　當你打電話時，我正在學習英文。

　　〔註〕：副詞子句（when you called），當副詞使
　　　　　　用，修飾動詞 was studying。

(4) 句子的基本句型

　　英語的句子依動詞的性質，及物動詞與不及物動詞，可
分為五種基本句型。所有句子的種類大約有 80％包含在其
中。

　　組成句子有五種重要的基本元素。

1. Subject（S.）主詞——常用名詞或代名詞，是句子的
　　意義中心。
2. Verb（V.）動詞——敘述主詞的動作或狀態，是句子
　　的重要部份，變化多端。
3. Objective（O.）受詞——為接受動作的角色，做動詞
　　的受詞，由名詞或代名詞擔任。
4. Complement（C.）補語——為句子意義補充說明者，
　　名詞或代名詞，形容詞等。
5. Modifier（M.）修飾語——由形容詞或副詞擔任。
　　　　　　　如 beautiful girl.　　　Small ball

句型（Ⅰ） $\boxed{\text{S＋V.}}$ **（不及物動詞）**

　　句子只要有主詞和動詞即可成立，而意義也完整，這是
最基本的句子。

　　例：

(三)複合句（complex sentence）

　　複合句，〔附屬子句，主要子句〕。是由一個獨立子句和一個或一個以上附屬子句共同組成。

　　獨立子句是主要子句，表達主要意思，可以單獨存在。附屬子句則不能單獨存在。複合句的主要子句和附屬子句可以用逗點分開，也可連接一起，意義完全一樣。

　　例：

　　　1. <u>When she has free time</u>, <u>She listens to music</u>.
　　　　　　　附屬子句　　　　　　　主要子句

　　　　＝<u>She listens to music</u> <u>when she has free time</u>.
　　　　　　　主要子句　　　　　　　附屬子句

　　　　當她有空閒時，她會聽音樂。

　　　2.<u>Before he eats</u>, <u>he washes his hands</u>.
　　　　　附屬子句　　　　　主要子句

　　　　＝<u>He washes his hands</u> <u>before he eats</u>.
　　　　　　　主要子句　　　　　　附屬子句

　　　　在吃東西之前，他會先洗手。

　　　3. When his mother had to work, he cooked.

　　　　＝He cooked when his mother had to work.

　　　　當他母親必須工作時，他就煮飯。

　　　4. After he played basketball, he had a cold drink.

　　　　＝He had a cold drink after he played basketball.

　　　　打完籃球後，他喝了一杯冷飲。

　　　5. <u>What you need</u> <u>is</u> to study hard.
　　　　　　　S.　　　　　V.

你最需要的是努力用功。

〔註〕：What you need 名詞子句當主詞。

6. I don't <u>believe</u> <u>what Tom said</u>.
　　S.　　　V.　　　　C.

我不相信湯姆所說的。

〔註〕：what Tom said 為副詞子句當補語。

這種複合句結構，其連接詞是關鍵字往往會決定句子的意義和功能。

a. 表示相反意見──像 but，although，yet，despite。

例：1. He is poor, <u>but</u> he is honest.

他窮，但他很誠實。

2. <u>Although</u> he is poor, he is honest.

雖然他窮，但他很誠實。

b. 表示時間順序時──像 before，after，when，while

例：

1. <u>After</u> he goes, we shall eat.

他走了以後，我們就要吃飯。

2. Please be quiet <u>while</u> I am talking to you.

當我正在和你話話時，請保持安靜。

c. 表示因果關係時──像 because，since，so 等。

例：

1. <u>Because</u> he was sick, he couldn't go to school.

因他生病了，無法到學校去。

2. He was sick, <u>so</u> he couldn't go to school.

他生病，所以無法到學校去。

d. 表示假設語氣 —— 常常在說話時，表示假設，想像、
願望等非事實的觀念。

例：

1. If I were a bird, I could fly.
   假如我是一隻鳥，我就能飛。
   （事實上我不是鳥，我不能飛）
2. If you work hard, you will succeed.
   如果你努力用功，你會成功的。

(6) 依句子的功能用途分類

可以分為以下幾種：

(一)敘述句（含肯定句與否定句）——

一般用以描述事實，事件或陳述說話者的意見，看法。

例：

I am a teacher.
我是老師。

I am not a teacher.
我不是老師。

That the earth is round is true.
　　　名詞子句
地球是圓的一事是真的。

Gold can not buy everything.
黃金並非萬能。

(二)疑問句 ——

對於事實有疑問，不明白，提出發問。

(a) **Be 動詞疑問句** —— Be 動詞具有助動詞的特性，可以幫助形成否定句或疑問句。回答時要 yes 或 no。

例：

　　1. Are you a student？

　　　Yes, I am a student.

　　　No, I am not a student.

　　2. Are you interested in swimming？

　　　Yes, I am interested in swimming.

　　　是的，我對游泳有興趣。

(b) **一般動詞的疑問句**

　現在式疑問句　$\boxed{\dfrac{\text{Do}}{\text{Does}}＋主詞＋動詞原形…？}$

例：

　　1. <u>Do</u> you like play basketball？

　　　Yes, I like play basketball.

　　　No, I don't like play basketball.

　　2. <u>Does</u> she play the piano well？

　　　Yes, she plays the piano well.

　　　No, she doesn't play the piano well.

　過去式疑問句　$\boxed{\text{Did＋主詞＋動詞原形…？}}$

例：<u>Did</u> you study hard？

　　　Yes, I studied hard.

　　〔註〕：由助動詞 do，does，did 開頭的疑問句，

回答時須以 yes，or no 回答。

(c)用以發問何人，何物，何者的疑問代名詞或疑問形容詞 who，which，what，以及用以發問何時，何處，何故，如何等之疑問副詞 when，where，how，why 等形成的疑問句須放在句首。

5W＋1H，即 who，what，when，where，why 和 how，是新聞寫作法最常用的體裁，也是我們發問問題，寫作的要領。

例：

1. 問：<u>Who</u> is that girl over there？
   在那邊的女生是誰？

   答：She's Jenny, She's my student.
   她是珍妮，她是我的學生。

2. 問：<u>What's</u> your favorite sports？
   你最喜歡的運動是什麼？

   答：My favorite sport is basketball。
   我最喜歡的運動是籃球。

3. 問：<u>When</u> were you born？
   你的生日是什麼時候。

   答：I was born on June 30th, 1977。
   我的生日是 1977 年 6 月 30 日。

4. 問：<u>Where</u> are you from？（問國籍）
   你是那裏人？

   答：I am from Taiwan.
   我是台灣人。

5. 問：<u>Why</u> are you here？

　　你怎麼在這裡？

　　答：I'm here to study English.

　　我在這裡學英語。

6. 問：<u>How</u> shall I do it？

　　我該怎麼做？

　　答：I don't know how to do it.

　　我不知道該怎麼做。

(d)附加問句

　　英語會話時，常在句子後附加一問句，以徵求對方的同意或許可的簡單問句叫做附加問句，等於中文的，好不好，是不是之意。在日常英語會話口語中常可聽到，TOEFL 考試也常出現。附加問句有一定形式，若前面句子是肯定，句尾問句則是否定。若前面句子是否定，則句尾問句是肯定。附加問句的動詞形式與時式必須與前面的句子一致。

① 肯定敘述句 ＋ 否定附加問句

例：

1. You are a student, <u>aren't you</u>？

　　你是個學生，不是嗎？

2. There is an apple on the table, <u>isn't there</u>？

　　桌子上有一個蘋果，不是嗎？

3. You speak English, <u>don't you</u>？

　　你會說英語，不是嗎？

4. You know him, <u>don't you</u>？

　你認識他，不是嗎？

5. You have studied English for a long time, <u>haven't you</u>.

　你已經學習英語很久了，不是嗎？

〔**注意**〕：如果前面的句子是命令句，附加問句
　　　　　　不能按照如上方式，而須用肯定的助
　　　　　　動詞 shall 或 will。

例：

1. Let us do it, <u>shall we</u>？

　我們做吧，好嗎？

2. Please open the door, <u>will you</u>？

　請把門打開，好嗎？

② | **否定敘述句** | ＋ | **肯定附加問句** |

例：

1. you <u>aren't</u> tired, <u>are you</u>？

　你不是很累，是嗎？

2. He <u>doesn't</u> care for coffee, <u>does he</u>？

　他不喜歡咖啡，是嗎？

3. You <u>don't</u> have to go, <u>do you</u>？

　你不必要去，是嗎？

4. He <u>doesn't</u> speak English, <u>does he</u>？

　他不會說英語，是嗎？

5. She <u>doesn't</u> care for coffee, <u>does she</u>？

她不喜歡咖啡，是嗎？

(三)祈使句 ——

有些句子雖只有<u>動詞</u>，但卻能獨立存在，用以表示命令，請求，勸告，禁止等之意。這類句子通常省略主詞 you，而且動詞用原形。

這種句子稱為祈使句。

例：(You) Stop！　停止！

(You) Watch out！　小心！

(You) Go！　快走！

(You) Don't be selfish！　不要自私！

(You) Don't advise a man to war or to marry！

不要勸男人去打仗或結婚！

〔註〕：前面主詞 you 省略。

(四)感嘆句 —— 表驚嘆，讚賞。

例：

1. <u>How beautiful</u> the rose is！

多美麗的玫瑰花呀！

2. <u>What a nice guy</u> he is！

他是多好的一個人呀！

(7) 引用句敘述法

當我們在敘述故事，說話或寫作時，有時會轉述別人說的話來傳達意思。有時是直接引用敘述，有時則是間接轉述兩種。

(一)直接引用句敘述——

就是直接引用轉述說話者的陳述，而且必須照原說話者的意思一字不漏，原音呈現。必須加引號 " " 來表示。通常在小說書中、戲劇或轉述中常見。

例：He says, "She is very beautiful."

他說，"她非常美麗"。

(二)間接引用句敘述——

是以間接報告方式敘述原說話者的說話內容。不一定要完全照原說話者的每一個字，但是一定要保持原意不變，不須用引號。間接引用句敘述大量用在學校，像寫報告、學期報告、研究報告、論文寫作等。在論文寫作時常會參考引用別人的內容，可以引用，但不能抄襲。在課堂上的討論，教授除了要求你了解外，也要你間接引述別人的論點。

例：He says that she is very beautiful.

他說她是很美麗的。

直接引用句與間接引用句的比較——

〔直接引用句〕Lisa asked me, "could you water my plants？"

麗莎問我，"你可以幫我的植物澆水嗎？"

〔間接引用句〕Lisa asked me if I could water her plants.

麗莎問我是否可以幫她的植物澆水。

〔註〕：當直接引用句改為間接引用句時，引句的主詞和受詞都要改變。

注意時式變化

ⓐ介紹引句的敘述動詞是現在式，現在完成式或未來式時，引句的時式不變。

例〔直接引句〕Tom <u>says</u>, "He <u>is</u> a good teacher".

〔間接引句〕Tom <u>says</u> that he <u>is</u> a good teacher.

ⓑ敘述動詞為過去式，過去完成式，引句時式則變化如下：

現在→過去

過去，現在完成，過去完成→過去完成

例 1.

〔直接引句〕Tom <u>said</u>, "It <u>is</u> a good day."

〔間接引句〕Tom <u>said</u> that it <u>was</u> a good day.

例 2.

〔直接引句〕He <u>said</u>, "I <u>received</u> a letter."

他說， "我有收到一封信" 。

〔間接引句〕He <u>said</u> that <u>he</u> <u>had received</u> a letter.

他說他已經收到一封信。

〔註〕：人稱 I 變成 he。

ⓒ不變的真理和事實，假設法動詞等的時式不變。

例 1.

〔直接引句〕The teacher <u>said</u>, "Columbus <u>discovered</u> America in 1492."

〔間接引句〕The teacher <u>said</u> that Columbus

discovered America in 1492.

例 2.

〔直接引句〕He <u>said</u>, "<u>If</u> you had come, I should have seen you."

他說，"如果你來了，我應該會見到你。"

〔間接引句〕He said that if they had come, he would have seen them.

他說如果他們有來，他應該會見到他們。

ⓓ直接引句是命令句時變成不定詞

〔直接引句〕"<u>Go away</u>", he said.

〔間接引句〕He told us <u>to go away</u>.

(8) 句子倒裝與同位詞(Appositive)

㈠句子的倒裝句 ——

　將句子慣有的排列順序調換。即句子的主詞和動詞位置顛倒，用以加強語氣，但句意不變。使用比較少。

句型　┃副詞＋動詞＋主詞┃　加強語氣

例 1.〔一般敘述句〕

An innocent <u>girl</u> <u>came</u> out of the room.
　　　　　　　　S.　　V.
一位天真無邪的女孩從房間走出來。

〔倒裝句〕

<u>Out of the room</u> <u>came</u> an innocent <u>girl</u>.

   adv phr.   V.   S.

從房間走出來一位天真無邪的女孩。

〔註〕：句子倒裝，加強語氣。

2.〔一般敘述句〕

He is never punctual.

他從不守時。

〔倒裝句〕

Never is he punctual.

他未曾守時。

3. She <u>not only</u> missed the train <u>but also</u> lost her purse.

她不僅錯過火車，而且還丟了錢包。

〔倒裝句〕

<u>Not only</u> did she miss the train <u>but also</u> lost her purse.

不只錯過火車，而且她還遺失了皮包。

㈡同位詞（Appositive）──

即句子插入詞，可以是一個字，一個片語，甚至是一句話或分詞句構。同位詞是名詞或代名詞，它通常跟隨另一名詞或代名詞後，補充說明前面名詞。

例：

1. Two man, <u>a British and an American</u>, have rided bicycle around the Taiwan Island.

有兩個人，一位英國人和一位美國人，騎著腳踏車環繞台灣全島。

2. She saw Judy, <u>her neighbor's daughter</u>, walking on the street.

她看見她鄰居的女兒茱莉正走在街上。

3. His father, <u>a bricklayer</u>, built their house.

他的父親一位砌磚師傅在蓋他們的房子。

第三章

動　詞

動詞是在句子中用以表示動作或狀態，或事件發生的字或詞。例如：is（是），speak（說），write（寫），read（讀），show（顯示），fight（打鬥）等。

動詞是英文句子的核心，其變化多端，必須詳加了解。因為當我們說話或寫作時，往往隨時間改變，而動作的時態也隨之改變而不同。因此有現在式、進行式、未來式等表示時間順序不同的動詞，而意義也不同，這就是所謂時態。

例：

1. I <u>study</u> Englsih.　　　　　　　〔現在式〕
我學習英語。

2. I <u>studied</u> English yesterday.　　〔過去式〕
我昨天學英語。

3. I <u>am studying</u> English right now.　〔現在進行式〕
我現在正在學英語。

4. I <u>have studied</u> English for 5 years.〔現在完成式〕
我已經學英語五年了。

5. I <u>will study</u> English tomorrow.　　〔未來式〕
明天我將要學英語。

一個句子只能有一個主詞和一個動詞。即一個句子中不能有兩個動詞互相緊鄰在一起。但是，超過 2 個主詞或動詞連接時，用連接詞 and 連接時仍視為是一個主詞或動詞。

例如：He <u>and</u> I talk <u>and</u> eat.

他和我一起聊天吃東西。

特別注意動詞第三人稱單數要加 "s"。

例：

1. He <u>works</u> hard.

　他努力工作。

2. he <u>studies</u> hard.

　他努力用功。

(1) 動詞的種類

動詞可分為兩大類，及物動詞與不及物動詞。

(一)**不及物動詞** —— 這類動詞後面不接受詞，又可分兩種。

①完全不及物動詞 —— 這類動詞後面不需要再加上任何
的字就可以表達句子完整的意義。

句型 1 　S＋V　（不及物動詞）

例：

1. Birds fly.

　鳥在飛。

　〔註〕：在這個句子中，**fly** 的這個動作後面不
　　　　需要加任何的字做動詞的對象，就可以
　　　　表達完整意義。

2. Time flies.

　時光飛逝。

3. Smoke rises.

　煙升上來了。

②不完全不及物動詞（又稱聯繫動詞）—— 像 be 動詞

is，are，am 以及 seem，look，smell 等。此類動詞用
來連接主詞和補充說明主詞的補語。補充說明主詞的
這些字稱為補語（complement）。

句型2 $\boxed{S+V+C}$

　　主詞＋不完全不及物動詞＋補語

例：

　　1. I am a boy.
　　　　S. V.　　C.

　　　　我是男生。

　　2. You are a teacher.
　　　　　S.　V.　　　C.

　　　　你是老師。

　　3. She is a secretary.
　　　　　S　V.　　　C.

　　　　她是秘書。

　　4. The food smell good.
　　　　　　　S.　　V.　　C.

　　　　食物聞起來很棒。

　　5. He seems happy.
　　　　S.　　V.　　　C.

　　　　他似乎很快樂。

(二)及物動詞──這一類動詞後面必須接受詞。

　　即在這一類動詞後面一定要加上一個物體或是人來當作
這個動作的對象即受詞。若沒有受詞則句子無法表達完整的

意思。依受詞不同又可分成三類：

③完全及物動詞——只有一個受詞。

句型3　$\boxed{S+V+O}$

例：

1. <u>I</u> <u>love</u> <u>you</u>.
    　S.　　V.　　O.

    我愛妳。

2. <u>He</u> <u>beats</u> <u>me</u>.
    　　S.　　V.　　O.

    他打我。

④授與動詞——可以有兩個受詞的及物動詞稱之為授與
　動詞。即直接受詞（物），間接受詞（人）。授與動
　詞像 give（給予），send（寄給），tell（告訴），
　write（寫給）等。

句型4　$\boxed{S+V+I.O+D.O}$

　　主詞＋及物動詞＋間接受詞（人）＋直接受詞（物）

例：

1. <u>He</u> <u>gave</u> <u>me</u> a <u>book</u>.
    　S.　 V.　 I.O　 D.O

    他給我一本書。

2. <u>Mary</u> <u>send</u> <u>me</u> a <u>post card</u> from Paris.
    　S.　　V.　 I.O　　D.O

    瑪莉從巴黎寄給我一張風景明信片。

⑤不完全及物動詞——此類動詞雖然有受詞，但句子意

思仍不明確完整，須要有受詞補語來補充說明受詞。
此類動詞像 find，think，ask，tell，感官動詞 see，
hear，使役動詞 have，make，let 等。

句型 5　S＋V＋O＋C

　　主詞＋動詞＋受詞＋補語

例：

1. We thought him a good teacher.
　 S.　　V.　　O.　　　 adj C.

　　我們認為他是一位好老師。

　　〔註〕：a good teacher 為形容詞片語，修飾受
　　　　　　詞 him 為受詞補語。

2. She found the front door open.
　 S.　　V.　　　　O.　　　C.

　　她發現前門是打開的。

感官動詞(see，hear)＋受詞＋　原形動詞
　　　　　　　　　　　　　　　（現在分詞）

例：

1. I saw her come.
　 S. V.　O.　C.

　　我看見她來。

2. I saw her crying.
　 S. V.　O.　 C.

　　我看見她正在哭。

使役動詞的用法──使役動詞 make，have，let，help

句型 1
| make(使，做) |
| have(叫----做)　＋受詞＋原形動詞 |
| let(讓) |
(叫----做)

例：

1. <u>Our teacher</u> <u>helps</u> <u>us</u> <u>practice</u> English.
　　 S.　　　　 V.　　 O.　　 C.

　我們的老師幫我們練習英文。

2. Mr. <u>Wang</u> often <u>has</u> <u>his son</u> <u>wash</u> the car.
　　　　 S.　　　　 V.　　 O.　　　 C.

　王先生常叫他兒子洗車子。

3. <u>I</u>'ll <u>have</u> <u>him</u> <u>do</u> it.
　 S.　 V.　　 O.　 C.

　我會叫他做那個。

句型 2
| have(使)＋受詞＋ | 過去分詞 |
| | （有被動意義） |
(被…)

例：

1. <u>I</u> must <u>have</u> (=get) <u>my shoes</u> <u>repaired</u>.
　 S.　　　 V.　　　　　 O.　　　 C.

　我必須叫人修理我的鞋子。

2. <u>I</u>'ll <u>have</u> <u>my car</u> <u>fixed</u>.
　 S.　 V.　　 O.　　 C.

　我會叫人修理我的車子。

〔註〕：動詞雖然這樣分類，但並非絕對，有許
　　　　多動詞，依其在句中上下文關係，可以

　　　　　　　　當及物動詞，亦可當作不及物動詞。

例如，know，sing，open 等

例：

1. I know. 我知道了。

　　〔註〕：know 為不及物。

2. I know what you mean.
　　S. V.　　　O.

　　我知道你的意思。

　　〔註〕：know 為及物動詞

3. She sang well.
　　S.　Vi.

　　她唱得很好。

4. She sang an Englsih song.
　　　　v.t.

　　她唱了一首英文歌曲。

簡化圖解動詞的種類及句子結構

(一)不及物動詞 →　完全不及物動詞　句型① S＋Vi　　例：<u>Time flies.</u>
　　　　　　　　　　　　　　　　　　　　　　　　　　S.　V.

　　　　　　　　→　不完全不及物動詞　句型② S＋Vi＋C　例：He is a teacher.
　　　　　　　　　　　　　　　　　　　　　　　　　　<u>He seems happy.</u>
　　　　　　　　　　　　　　　　　　　　　　　　　　S.　V.　C.

(二)及物動詞　→　完全及物動詞　句型③ S＋Vt＋O　　例：<u>I love you.</u>
　　　　　　　　　　　　　　　　　　　　　　　　　　S. V. O.

　　　　　　　→　授與動詞（有兩個受詞的及物動詞）句型④ S＋Vt＋I.O＋D.O
　　　　　　　　　　　例 1. <u>He gave me a book.</u>
　　　　　　　　　　　　　 S.　V. I.O D.O
　　　　　　　　　　　 2. <u>She sent me an E-mail.</u>
　　　　　　　　　　　　　 S.　V. I.O　　D.O
　　　　　　　　　　　她寄給我一封電子郵件。

　　　　　　　→　不完全及物動詞　句型⑤ S＋Vt＋O＋C
　　　　　　　　　　例：<u>She found the front door open.</u>
　　　　　　　　　　　　S.　V.　 O.　C.
　　　　　　　　　　　她發現前門是打開的。

動詞及其變化——

動詞的三個主要部份，現在式（原形），過去式，過去分詞。

依照其語形變化有規則動詞與不規則動詞。

大部份英文動詞是規則性動詞，也就是在現在式的動詞字尾加"——ed"或"——d"就變成了過去式，過去分詞。

另外，少數常用不規則動詞則須要背起來。

例：①規則性動詞

現在式	過去式	過去分詞
ask	asked	asked
talk	talked	talked
play	played	played
work	worked	worked
live	lived	lived
study	studied	studied

②不規性動詞

現在式	過去式	過去分詞
be	was/were	been
begin	began	begun
do	did	done
eat	ate	eaten
give	gave	given
go	went	gone

know	knew	known
see	saw	seen
write	wrote	written
take	took	taken

身體器官的動作，常用的動詞

1.眼部

see	看見	I <u>see</u> a dog.
watch	觀看	I <u>watch</u> TV.
look	注視	I <u>look at</u> the picture on the wall.

2.耳朵

hear	聽到	I can <u>hear</u> you.
		我能聽到你的聲音。
listen	傾聽	I <u>listen to</u> the music.
		我傾聽音樂。

3.鼻子

smell	聞，嗅出	Nancy <u>smelled</u> the roses.
		南茜聞玫瑰花香。
breathe	呼吸	I <u>breathe</u> the fresh air.
		我呼吸新鮮空氣。

4.口部

eat	吃	I <u>eat</u> lunch.
drink	喝	David <u>drinks</u> coffee.
bite	咬一口	The dog <u>bites</u> him.
talk	講話	She <u>talks</u> fast.
speak	說話	I can <u>speak</u> English.

	ask	請問	I <u>ask</u> him a question.
	smile	微笑	He <u>smiled</u> at me.
	laugh	笑	They <u>laughed</u> loudly.
			他們大聲地笑。
	sing	唱歌	I <u>sing</u> a song.

5.手部	hold	握著	I <u>hold</u> a pen.
	beat	打	He <u>beats</u> me.
	push	推開	He <u>push</u> me.
	pull	拉	<u>Pull</u> the door open.把門拉開。

〔註〕：push 和 pull 兩字易弄混，須注意。

6.腳部	kick	踢	He <u>kicks</u> the football.
	dance	跳舞	He <u>dances</u> very well.
	walk	走路	He <u>walks</u> fast.
	run	跑	He <u>runs</u> very fast.
	stand	站立	He <u>stands</u> up.
	jump	跳	He <u>jumps</u> very high.
	jog	慢跑	<u>Jogging</u> is good for health.
7.皮膚	feel	感覺	I <u>feel</u> hot.
	touch	觸摸	I <u>touch</u> the elephant.

(2) 動詞時態（Tenses）

英語的句子表現在說話或動作時，往往隨時間改變，動詞也隨之改變而形態有所不同，像現在式，過去式，未來式等。此種用以表示時間前後關係的各種動詞形式叫做時態（Tenses）。

　　動詞的時態共有十二種，以現在式，過去式，未來式來分。

(一)現在式——以現在時間作基準的的動詞形態。

　　①**現在簡單式**——動詞用現在式原形。

　　　　　　　　　　表示ⓐ現在事實，動作，狀態。

　　　　　　　　　　　　　ⓑ習慣性，反覆性的行為

　　　　　　　　　　　　　ⓒ用於表示格言，真理。

　　例：ⓐ I <u>am</u> a teacher.（現在事實）

　　　　　我是一位老師。

　　　　ⓑ I usually <u>get up</u> at six.（習慣性）

　　　　　我通常六點起床。

　　　　ⓒ The earth <u>is</u> round.（真理）

　　　　　地球是圓的。

　　②**現在進行式**——用於表示現在正在進行的動作，常與 now，at present（現在）連用。

$$\text{句型}\quad \left.\begin{array}{l} am \\ is \\ are \end{array}\right\} + \begin{array}{c} \text{V-ing} \\ \text{（現去分詞）} \end{array} = \text{現在進行式}$$

　　例：1. I <u>am doing</u> my homework <u>now</u>.

　　　　　我現在正在做功課。

2. I usually have a salad for lunch, but I <u>am having</u> a sandwich <u>now</u>.

我通常吃沙拉當午餐，但是我現在吃三明治。

③現在完成式──用於表示已經完成的動作。

即表示從過去持續到現在的動作或狀態，已經完成或用於表示經驗。常與 already，recently，since，so far, for 等連用。

句型 | have (has) ＋過去分詞＝現在完成式 |

例：1. Dr. Jones <u>has lived</u> in Boston <u>for</u> five years.

約翰博士已經在波士頓住了五年了。

2. He <u>has been</u> sick since last Friday.

自從上星期五他就生病了。

④現在完成進行式──強調從過去的某時開始，而且持續進行到說話的這個時刻的動作或狀態，而且繼續進行。

句型 | have been＋V-ing＝現在完成進行式 |

例：I <u>have been waiting</u> for almost twenty minutes.

我已經等了幾乎有二十分鐘了。

（而且還繼續在等。）

(二)過去式 ── 以過去時間作基準的動詞形態。

⑤過去簡單式──(a)動詞用過去式

(b)用以表示過去的事實，動作，狀態
經驗或習慣等。常與 yesterday，
last night，ago 等連用。

例：1. I <u>did</u> my homework <u>last night</u>.
我昨晚做功課。

2. John <u>went</u> to Japan <u>yesterday</u>.
約翰昨天去日本。

⑥**過去進行式**──表示過去某時正在繼續或進行的動
作。但活動的開始或結束的正確時間，我們並不清
楚。

句型 $\left.\begin{array}{l}\text{was}\\\text{were}\end{array}\right\}$ ＋V-ing＝過去進行式

例：1. Yesterday morning I <u>was jogging</u> through the park.
昨天早上我正經過公園慢跑。

2. As I <u>was jogging</u>, a man <u>stopped</u> me and <u>asked</u> for
the time.
當我正在慢跑時，有位先生攔住我問時間。

〔註〕：stopped，asked 都是過去式動詞，表示
過去時間。

⑦**過去完成式**──(1)表示直到過去的某個時候為止的動
作或經驗已經完成。

(2)繼續到過去的某時的動作或狀態。

句型 │ had＋過去分詞＝過去完成式 │

例：1. The exam <u>had started</u> by the time I go to class.

   我到達教室的時候，考試已經開始了。

2. I <u>had</u> never <u>heard</u>   him speak before last week.

   上星期以前我從未聽過他說話。

3. When I <u>get</u> home, my roommate <u>had</u> already <u>cleaned</u> the apartment.

   當我回家時，我室友已經把公寓打掃乾淨了。

⑧過去完成進行式──過去已經完成而且還繼續進行的動作。表示一直繼續到過去某時完成的動作，而當時仍繼續在進行。

句型 │ had been＋V-ing＝過去完成進行式 │

例：1. Bob <u>had been waiting</u> for an hour when he decided to leave.

   當 Bob 決定離開時，他已經等了一個小時。

2. I <u>had been studying</u> English for ten years before I left for America.

   我到美國那時就已經學習英語十年了。

   〔註〕：並且那時仍繼續在學習英語。

㈢未來式──以未來的某個時間作基準。將來會發生的事。

⑨未來簡單式──用於表示未來將發生的動作或狀態。常與未來時間 tomorrow，next year 等連用。

句型 | will ＋ 動詞原形 ＝ 未來式 |

例：1. It will rain tomorrow.

　　明天將會下雨。

　　2. We will have a nice apartment if we work together.

　　如果我們一起工作，我們將會有一棟好公寓。

　　3. I will do my homework tomorrow.

　　明天我將要作功課。

⑩未來進行式 —— 表示未來的某時將正在進行的動作。

句型 | will be ＋ V-ing（現在分詞）＝未來進行式 |

例：1. He will be traveling on the train at this time tomorrow.

　　明天的這個時候，他將正在坐火車旅行。

　　2. I will be working tonight.

　　今晚我將會一直工作。

⑪未來完成式 —— 表示到未來某時為止的動作，經驗，即將完成的動作或狀態。

句型 | will have ＋ 過去分詞 ＝ 未來完成式 |

例：1. The next time we meet, I will have finished my Masters degree.

　　下次我們再碰面時，我將已修完我的碩士學位。

　　2. He will have lived here for ten years by the end of

this month.

到這個月底止，他將在這裡住滿十年了。

⑫**未來完成進行式** —— 表示從過去的某時開始，而於未來某時將完成而且繼續的動作。要特別小心，並非所有動詞可用在此種時態。這種要有持續進行的動作的動詞。例 study，work，travel，write，listen，watch 等才可使用。

句型　| will＋have been＋$\dfrac{\text{V-ing}}{\text{(現在分詞)}}$＝未來完成進行式 |

例：1. By June, I <u>will have been studying</u> English for Ten years.

到六月，我將已經學英語十年了。

〔註〕：而且我還繼續在學習。

2. By tonight, I <u>will have been working</u> for eleven hours without a break.

直到今晚，我將已經工作了十一個小時沒有休息。

〔註〕：而且我還繼續在工作。

動詞時態摘要

(一)現在式

①現在簡單式　　　　I <u>do</u> my homework.
　　　　　　　　　　我做功課。

②現在進行式　　　　I <u>am doing</u> my homework <u>now</u>.
　　　　　　　　　　我正在做功課。

③現在完成式　　　　I <u>have done</u> my homework.
　　　　　　　　　　我已經做完功課。

④現在完成進行式　　I <u>have been studying</u> English for
　　　　　　　　　　ten years.
　　　　　　　　　　我已經學習英語十年了。

(二)過去式

⑤過去簡單式　　　　I <u>did</u> my homework last night.
　　　　　　　　　　我昨晚做功課。

⑥過去進行式　　　　I <u>was doing</u> my homework
　　　　　　　　　　yesterday.
　　　　　　　　　　我昨天正在做功課。

⑦過去完成式　　　　I <u>had done</u> my homework before
　　　　　　　　　　last night.
　　　　　　　　　　昨天晚上以前我做完功課。

⑧過去完成進行式　　I <u>had been studying</u> English for ten
　　　　　　　　　　years before I left for America.
　　　　　　　　　　到美國以前我已經學習英語十年

了。

㈢未來式

⑨未來簡單式　　　I <u>will</u> <u>do</u> my homework tomorrow.

明天我將要做功課。

⑩未來進行式　　　I <u>will</u> <u>be</u> <u>doing</u> my homework at this time tomorrow.

明天的這個時候我正在做功課。

⑪未來完成式　　　I <u>will</u> <u>have</u> <u>done</u> my homework tomorrow morning.

明天早上我將做完功課。

⑫未來完成進行式　I <u>will</u> <u>have</u> <u>been</u> <u>studying</u> English for ten years by June.

到六月時我將已經學習英語十年了。（而且還繼續在學習）

(3) 助動詞（Auxiliary verbs）

助動詞是放在動詞前面，補充動詞所沒有表達的意思。或使動詞變成否定或加強其他狀態。助動詞如 be 動詞 is，are 也可當助動詞。還有 do，shall，will，should，would，can，could，may，might…等。助動詞也可以和動詞一起形成動詞片語，表示時式，時態，語氣或疑問，否定句等功用。

例：1. I <u>speak</u> English.

我說英語。

〔註〕：表示我現在說的是英語，而不是中文或
其他語言。

2. I <u>can</u> <u>speak</u> English.
　 A.V.　V.

我會說英語。

〔註〕：表示我會說英語，我可以說英語。

當說話或寫作英文時，為了更精確表達你的意思，有時助動詞可幫助您溝通不同的意思。如下例句，雖然文法結構相同，但使用助動詞不同，意義也隨之不同。

例：1. I <u>will</u> go with you.我將跟你一起去。

2. I <u>might</u> go with you.我可能會跟你一起去。

3. I <u>can</u> go with you.我可以跟你一起去。

4. I <u>should</u> go with you.我應該跟你一起去的。

〔註〕：但事實上我卻沒有跟你一起去。

5. I <u>must</u> go with you.我必須跟你一起去。

助動詞的時式

現在式	過去式
can	could
will	would
may	might
shall	should

特別注意，這些助動詞的過去式並不一定表示過去式，有時表示的是現在的時間或未來的時間。

例：表示現在時間

1. We <u>could</u> leave right now.

我們現在可以離開了。

2. John <u>might</u> be upstairs.

約翰可能上樓去了。

例：表示未來時間

1. You <u>should</u> study before the exam next week.

在下禮拜考試之前，你應該好好用功。

常用助動詞的用法——

① Do 做助動詞的用法——

ⓐ用於疑問句發問。

例：1. <u>Do</u> you love me？

你愛我嗎？

2. <u>Do</u> you feel cold？

你覺得冷嗎？

ⓑ用於加重動詞的語氣或表懇求。

例：1. Please <u>do</u> stay.

請務必留下。

2. You <u>do</u> want to go.

你真的要去。

ⓒ用於表示否定句。

例：1. I <u>don't</u>（do not）know anything.

我什麼都不知道。

2. Don't talk.

不要說話。

ⓓ用於倒裝句，在 rarely，hardly，little 等字之後。

例：Rarely <u>did</u> she laugh.

　　她難得笑。

ⓔ用以代替前面的動詞以避免重複。

例：問：<u>Do</u> you want to marry Jenny？

　　　你要跟珍妮結婚嗎？

答：Yes, I <u>do</u>（＝want to）

　　是的，我要跟珍妮結婚。

② Can 的用法——

ⓐ表示能力，指現在或任何時間。

例：Bill <u>can</u> <u>speak</u> five languages fluently.
　　　　A.V.　V.

　　比爾可以流利地說五種語言。

ⓑ表示強烈的可能性，指現在或任何時間。

Don't stop your car suddenly,

you <u>can</u> cause an accident.

不要突然煞車，你會發生車禍的。

ⓒ給予某人建議，指現在時間。

例：Sue：My roommate is a nuisance.

　　蘇：我的室友是位討人厭的人。

　　Bob：You <u>can</u> get a single room.

　　鮑伯：你可以找個單人房呀。

ⓓ請求別人允許，指現在或未來時間

例：Can I borrow your book for a minute？

　　Yes, you <u>can</u> use it.

③ Could 的用法──

ⓐ表示過去的能力。

例：Two years ago, I <u>could</u> play tennis like a

profession.

兩年前，我打網球打得像職業的。

ⓑ某些條件下具有的能力，時間可能是現在或未來。

例：I <u>could</u> be a good chess player if I want to.

如果我想要做的話，我可以成為好的下棋手。

〔註〕：但是我沒有興趣下棋。

ⓒ強烈的可能性，指現在或任何時間。

例：Don't drive so fast！ We <u>could</u> have an accident.

不要開太快！否則我們可能會出車禍。

ⓓ請求允許時，用 "could"比用" can "更客氣有禮

貌，常用於口語會話。時間可能是現在或未來。

例：1. <u>Could</u> I borrow your book for a minute？

我可以借用你的書一下嗎？

2. <u>Could</u> I use your car next Sunday？

下星期我可以用你的車子嗎？

ⓔ禮貌性的請求別人做某事，常用於口語會話。時間

可能是現在或未來。

例：1. <u>Could</u> you hold my books until I find my door

key？

在我找到門的鑰匙前，請幫我拿著書好嗎？

〔註〕：指現在時間。

2. <u>Could</u> you explain this to me again after class？

在下課後可以請你再解釋一次給我聽好嗎？

ⓕ給予某人建議。

例：Tom：I don't have any money.

我沒錢了。

Bob：You <u>could</u> call your father and ask him for some.

你可以打電話給你老爸要一些錢。

ⓖ Could＋各種動詞時態，表示該做而未做。

例：could＋1. 簡單式　could take

2. 進行式　could be taking

3. 完成式　could have taken

4. 完成進行式　could have been taking

1. You <u>could</u> <u>take</u> your make-up test now.

你現在可能參加補考了。

〔註〕：如果你已準備好，但因沒準備好，所以沒參加。

2. I <u>could</u> <u>be leaving</u> for home tomorrow.

明天我可能正要回家去了。

〔註〕：即如果我沒有去參加補考，可能就正要回家了。

3. I <u>could have taken</u> my make-up test yesterday.

昨天我可能已經參加補考了。

〔註〕：但是我沒準備好，所以沒參加補考。

4. I <u>could</u> <u>have been getting</u> ready to go home last night.

　　　　　昨天我可能就已經準備好回家了。

　　　　〔註〕：沒有回家，而我正在用功準備補考。

④ will 的用法

　　ⓐ表示簡單未來。

　　　例：The meeting <u>will</u> begin at eight o'clock.

　　　　　會議將在 8 點準開始。

　　ⓑ表示承諾。

　　　例：Don't worry.　<u>I'll be</u> at the meeting on time.

　　　　　放心，我一定準時參加會議。

　　ⓒ表示決心，決定。

　　　例：At the meeting, we <u>will</u> solve our financial

　　　　　problems if it takes all night.

　　　　　會議時，我們一定會解決我們的財務問題，甚

　　　　　至開一整晚的會。

⑤ would 的用法

　　ⓐ would 係 will 的過去式，在間接引句中，表示過去

　　　的未來。

　　　例：They <u>said</u> that the enemy <u>would</u> surrender

　　　　　tomorrow.

　　　　　據說明天敵人將要投降。

　　ⓑ表示客氣請求，口語會話時常用句型。

　　　例：1. <u>Would</u> you please close the door？

　　　　　　請把門關起來好嗎？

　　　　　2. <u>Would</u> you do me a favor？

　　　　　　請你幫個忙好嗎？

ⓒ表示過去的習慣。

例：She would（＝used to） scare when she saw a snake.

她以前看到蛇就會害怕。

ⓓ表決心或意向。

He would never agree to it.

他決對不會同意的。

⑥ shall 的用法

ⓐ用於表示未來。

You shall do it.

你必須做它。

ⓑ在美式英語 shall 最常用的方式，是提議為某人做某事。

Shall I put these papers on your desk？

要我把這些報紙放在你桌上嗎？

〔註〕：等同 Do you want me to put these papers on your desk？

ⓒ用在第一人稱發問請求同意。

例：Shall we leave now？

我們可以離開了嗎？

（＝Are you ready to leave now？）

⑦ should 的用法

ⓐ用以表示義務，責任，應該。

例：1. We should love our country.

我們應該要愛我們的國家。

    2. A student <u>shouldn't</u> waste his parents' money.

      學生不應該浪費父母的錢。

ⓑ should 是 shall 的過去式，表示過去的未來。

  例：I thought I <u>should</u> be able to go.

    我以為我將能去。

ⓒ表示期待希望。因為根據過去的知識判斷。

  例：That police officer <u>should</u> know where the

    downtown is.

    警察先生應該知道市區在那裏。

ⓓ表忠告，勸告。給予別人意見該做或不該做。

  例：You <u>should</u> study tonight.

    你今天晚上應該用功讀書。

    You <u>shouldn't</u> drink alcohol.

    你不應該喝酒。

⑧ May 的用法

  ⓐ表示請求，許可，准許。

    例：1. <u>May</u> I use your pen？

      我可以用你的筆嗎？

      2. <u>May</u> I ask you a question？

      我可以請教您一個問題嗎？

  ⓑ表示較小的可能性或推測。也許，可能。

    例：1. John <u>may</u> be sick.

      約翰可能生病了。

    〔註〕：John 沒有告訴我他生病，但他眼

        睛看起來很奇怪，所以他現在可能

是生病了。

2. It <u>may</u> snow tomorrow.

明天可能會下雪。

〔註〕：我沒聽氣象預報，但天氣變冷，天
空出現以往下雪景象。

3. 表願望或請求。

例：1. <u>May</u> you be happy.

祝你幸福。

2. <u>May</u> you live long.

祝你長命百歲。

⑨ Might 的用法

ⓐ表示較小的可能性，其可能性比 may 更小。

例：1. It <u>might</u> snow tomorrow.

明天可能下雪。

〔註〕：可能下雪，但也可能不下。

2. <u>John</u> might be sick.

約翰可能生病了。

〔註〕：約翰也有可能沒有生病。

※可能性較大時用 may，較小時用 might。

ⓑ Might 是 may 的過去式。用在間接引句表過去。

例：He <u>said</u> they <u>might</u> get married soon.

他說他們可能很快結婚了。

(4) 假設語氣（Subjunctive mood）

假設語氣是在英文句子中用以表示假定、想像、願望等非事實或不可能完成的願望的觀念。假設是用 if 來表示的，通常有兩個子句。一個由 if 引導的副詞子句，一個則是主要子句。

但是 if 介紹的子句也可以放在主要子句的後面，則此時就不用標點符號 " , " 了。

例如：If I have money, I will buy a car.

　　　　＝I <u>will</u> <u>buy</u> a car if I have money.

　　　　如果我有錢，我會買一部車子。

　　　　〔註〕：事實上我沒有錢。

注意：假設子句中的主要子句，必須有一個助動詞 shall，will，may，can 等，然後再用原形動詞。第一人稱用 shall，will 都可以，第二，三人稱只能用 will。

假設語氣分為四種可能

1. 可能性較大的假設。

2. 可能性較小的假設。

3. 現在不可能的假設。

4. 過去不可能的假設。

① **可能性大的假設**——就是所作假設發生的可能性很大，但不確定是否發生。

句型　| If＋主詞＋現在動詞…，主詞＋shall（will）＋原形動詞

例：1. If I have time, I will take a trip to New York.
　　　　S.　V.

　　　如果我有時間，我要去紐約旅行。

　　　〔註〕：有可能發生的事。

　　2. If it rains tomorrow, I will put off my trip.

　　　如果明天下雨，我將暫緩旅行。

②可能性小的假設──所作的假設有可能發生，但可能性卻很小，如中文“萬一”解，用 should 來表示。

句型　| If＋主詞＋should＋原形動詞，主詞＋ shall / should / will / would ＋原形

例：1. If he should turn down my request, I would hate him.

　　　萬一他拒絕我的請求，我會恨死他。

　　　〔註〕：事實上他應該不會拒絕我的請求。

　　2. If he should fix up my television, I would pay him.

　　　萬一他修好我的電視機，我就會付他錢的。

③現在不可能的假設──就是所作假設與現在事實完全相反，根本無法實現的。

句型　| If＋主詞＋過去動詞…，主詞＋過去助動詞＋原形

例：1. If I were rich, I would buy a car.

　　如果我富有，我就要買一部車子。

　　〔註〕：事實我並不富有，所以也買不起車子。

　　If I had a million dollars, I would build up a castle.

　　如果我有一百萬元，我會蓋一所城堡。

　　〔註〕：可是我沒有一百萬，我不會蓋城堡。

④過去不可能的假設——所作的假設與過去事實完全相反或完全不符。

句型　
If＋主詞＋	had＋過去分詞 （過去完成）	，主詞＋	should would could might	＋	have＋過去分詞 （現在完成）

例：1. If I had had enough money, I would have bought it.

　　假如那時我有足夠的錢，我就已經買下它了。

　　〔註〕：但那時我沒有足夠的錢，所以沒有買它。

2. If I had studied hard, I would have passed the test.

　　如果我過去努力用功，我就通過考試了。

　　〔註〕：但是我過去沒有用功，所以沒有通過考試。

假設法 if 的省略——

　　即將假設子句的主詞和動詞互相倒置，並將 if 省略。即 If 子句中有 should，were，had 時可省略 if，把 should，were，had 等放在句首，句子的意思一樣不變。在這種倒置的假設句中，be 動詞須用 were，不可用 was。

例：1. If I were rich, I would buy a car.

　　＝Were I rich, I would buy a car.

　　　如果我富有，我會買一部車子。

　2. If I <u>had been</u> there, I <u>would have helped</u> you

　　　＝<u>Had</u> I been there, I <u>would have helped</u> you.

　　　假如當時我在那裏，我一定會幫助你的。

　3. If it should rain tomorrow, I will not go.

　　　＝<u>Should</u> it rain tomorrow, I will not go.

　　　萬一明天下雨，我就不去。

　　　〔註〕：雖然明天可能不會下雨，但是萬一下雨

　　　　　　　我就不去。

假設另外可用 wish, as if, as though 等來表示──

①假設除用 if 表示外，用 as if，as though 做 "好像"
　講，表示不可能的假設。因此它們後面的動詞須用過
　去式表示現在不可能，be 動詞不論人稱一律用 were。

例：1. He talks <u>as if</u> he knew everything.

　　　他說話好像他什麼事情都知道似的。

　　　〔註〕：但事實上，他並不是什麼都知道的。

　2. He lives <u>as though</u> he were a king.

　　　他過著像國王般的生活。

　　　〔註〕：但事實上，他並不是國王。

② wish 若是表示不可能的希望，它後面的動詞須用過去
　式，be 動詞不論人稱一律用 were。

例：1. He <u>wishs</u> that he <u>were</u> rich.

　　　他希望他是富翁。

　　　〔註〕：但事實上他不是。

　2. I <u>wish</u> I <u>could</u> fly.

　　　　我希望我能飛。

　　　　〔註〕：但事實上我不能飛。

③ wish 所表示的希望，如果是過去的事，動詞不能用過
　　去式，要用過去完成式。表示過去未能實現的願望。

例：1. I <u>wish</u> he <u>had showed</u> up at the meeting yesterday.

　　　我希望昨天他在會議上露面。

　　　〔註〕：但事實上，他昨天沒有出現。

　　2. I <u>wish</u> it <u>had not rained</u> yesterday.

　　　我希望昨天沒有下雨。

　　　〔註〕：但事實上，昨天下雨了。

(5) 被動語態（passive voice）

　　一般在說話或敘述事件時，句子的主詞是動作的發動
者。強調什麼人或事件作這動作時稱之主動語態（active
voice sentence）。但是相反；如果把主詞變成是動作的接受
者，這種語態就稱之被動語態（passive voice sentence），
它有一定的形式。

　　被動語態比較常用在寫作文章上，較口語上使用多，如
在教科書上，科學，商業，政府的報告，或新聞上等。然而
口語上則在電視或收音機新聞或商業廣告反而常見。

例：1. I <u>teach</u> him English.〔主動語態〕

　　　我教他英文。

　　2. He <u>is taught</u> English <u>by</u> me.〔被動語態〕

　　　他被我教英文。

被動語態的句型

①　be 動詞＋過去分詞＋…by ＝被動語態

was，were＋過去分詞＝被動過去。

例：Many older citizens use the library. 〔主動語態〕
許多老市民使用圖書館。
The library is used by many older citizens. 〔被動語態〕
圖書館被許多老市民使用。

②　助動詞＋be＋過去分詞＋by ＝被動語態

例：will be＋過去分詞＝被動未來式
have been＋過去分詞＝被動現在完成式

例：The director has ordered a lot of new equipment.
主任已經訂了許多設備。〔主動語態〕
A lot of new equipment has been ordered by the director.
許多新的設備已經被主任訂好了。〔被動語態〕

注意：主詞如 they，people，someone，somebody 等時，改成被動語態時，不須加 "by"，因為動作主角不知是何者，或者有時說話的人或作者不想提到這個人時，或動作者是代表一群人時。

例：1. Someone stole my car last night. 〔主動語態〕
My car was stolen last night. 〔被動語態〕
〔省略 by〕

2. The teacher <u>ruined</u> the top of this desk accidentally.

〔主動語態〕

老師意外地破壞了這個桌面。

The top of this desk <u>was</u> <u>ruined</u> accidentally.〔被動語態〕

這個桌面被意外的破壞了。〔省略 by〕

3. A lot of coffee <u>is</u> <u>grown</u> in Brazil.

在巴西種植許多咖啡。

被動語態和主動語態一樣，也有時態變化，比較如下：

時態 ＼ 語態		主動語態	被動語態
現在	簡單式	He writes a book	A book is written by him.
	進行式	He is writing a book	A book is being written by him.
	完成式	He has written a book	A book has been written by him.
過去	簡單式	He wrote a book	A book was written by him .
	進行式	He was writing a book	A book was being written by him.
	完成式	He had written a book	A book had been written by him.
未來	簡單式	He will write a book	A book will be written by him.
	完成式	He will have written a book	A book will have been written by him.

注意：有些時態像①現在完成進行式，②過去完成進行式，③未來進行式，④未來完成進行式等是不可以用在被動語態的。

第四章

△△△△△△△△△△△△△△△△△△△△△△△△△△△△△△△△△△△△

動狀詞（Verbals）

△△△△△△△△△△△△△△△△△△△△△△△△△△△△△△△△△△△△

　　由動詞衍生出的字，很像動詞形式的字，但卻不作動詞來使用。在句子中使用非常普遍，在寫作時若能善加利用動狀詞來構句，不但可使文章敘述更加簡潔有力，而且也可增加句型變化。動狀詞有三種形式，不定詞（infinitive），動名詞（Gerund），分詞（participle）。而且在英文大小考試中必定會考到。

　　例如：

1. To smoke is bad for your health.
　　抽菸有害健康。
　　〔註〕：不定詞 To smoke 當名詞，在句中當主詞。

2. Smoking is bad for your health.
　　〔註〕：動詞 smoking 當名詞，在句中當主詞。

3. Some people really like to smoke.
　　有些人真的喜歡抽菸。
　　〔註〕：不定詞 to smoke 當名詞，在句中當受詞。

4. Some people really enjoy smoking.
　　有些人很享受抽菸。
　　〔註〕：動名詞 smoking 當名詞，在句中當受詞。

5. I am doing my homework.
　　我正在做功課。
　　〔註〕：doing 是現在分詞。

⑴ 不定詞（Infinitive）

句型：| to＋原形動詞 |＝不定詞（例：to go，to eat，
　　　 to study）

例：1. To succeed is difficult.
　　　　要成功是困難的。

　　 2. Most people want to work.
　　　　大部份的人要工作。

功用：避免一個句子中有兩個動詞

例：I want to go to see him.
　　　　　V.
　　　我要去看他。

　　〔註〕：此句中之 go 和 see 都加 to 而變成不定詞
　　　　　　，只有 want 是動詞。

不定詞的功能──

　　不定詞或不定詞片語在句中的功能可以當名詞，形容
詞，形容詞補語，副詞等。不定詞當做主詞時，動詞須用
單數。

㈠不定詞當名詞

例：1. To study takes a lot of time.
　　　　　n.
　　　　學習要花費很多時間。

　　 2. To learn another language is not easy.
　　　　　　n.　　　　片語

學習另外一種語言不是容易的。

〔註〕：To learn another languages 為名詞片語，
當主詞。

3. My goal is to get good grades.

我的目標是要拿到好成績。

〔註〕：不定詞 to get good grades 為名詞片語當
主詞補語補充說明 My goal。

4. Her job was to answer the phone.

她的工作是接電話。

〔註〕：不定詞 to answer the phone 為名詞片
語，當主詞補語。

5. I like to travel.

o

我喜歡旅行。

〔註〕：不定詞 to travel 為名詞，當動詞 like 的
受詞。

6. I like to take a walk.

我喜歡去散步。

〔註〕：不定詞 to take a walk 為名詞片語，當
動詞 like 的受詞。

㈢不定詞當形容詞

例：1. I have a lot of work to do.

我有許多工作要做。

〔註〕：不定詞 to do 當形容詞形容名詞 work。

2. He wants a <u>book</u> <u>to read</u>.

他要一本書來讀。

〔註〕：不定詞 to read 當形容詞，形容名詞

book。

三不定詞當形容詞補語

例：1. This problem is <u>difficult to do</u>.

這個問題做起來困難的。

〔註〕：不定詞 to do 當形容詞補語修飾形容詞

difficult。

2. I am glad <u>to see you</u> in class today

今天很高興在教室見到你。

〔註〕：不定詞片語 to see you 當形容詞補語修

飾形容詞 glad。

四不定詞當副詞

例：1. We <u>came</u> here <u>to work</u>.

我們到這裡來工作。

〔註〕：不定詞 to work 當副詞，修飾動詞 came。

2. She stopped <u>to cook</u>.

她停下來開始烹飪。

〔註〕：不定詞 to cook 為副詞，修飾動詞

stopped。

五疑問詞＋不定詞＝名詞片語，作受詞用。

例：what to do　怎麼去做

where to go　去那裡

How to do it　如何做

1. I don't know <u>what to do</u>.
              V.   N.P 當 O.

我不知道做什麼。

2. I don't know <u>how to do it</u>.

我不知道如何做它。

3. I am new here in town; I don't know <u>where to go</u>.

我剛到鎮上，不知道去那裏。

㈥不定詞若為否定，則 not 置於其前面

即 | not ＋ to ＋原形動詞 | ＝否定不定詞

例：1. I decide <u>not</u> <u>to go</u>.

我決定不去了。

2. Tell him <u>not</u> <u>to come</u>.

告訴他不要來。

3. I would prefer <u>not</u> <u>to go to</u> the movies.

我寧可不去看電影。

㈦不定詞的（to）可以省略——

使役動詞 help，have，let，make 與感官動詞 feel，see，hear 等字後面接名詞或代名詞受詞時，其後面只接簡單動詞，不定詞 to 可以省略。

例：1. The instructor <u>helped</u> us （ to ） <u>organize</u> our outlines.

老師幫助我們整理重點。

〔註〕：使役動詞 help 後面接簡單動詞 organize，省略 to。

2. He <u>let</u> us（to）<u>use</u> our dictionaries.

他讓我們使用自己的字典。

3. He saw me <u>open</u> my book.

他看見我打開書本。

〔註〕：感官動詞 saw 後面接簡單動詞 open。

㈧不定詞被動式──

句型 to＋be＋過去分詞 ＝被動式

例如 to be repaired 被修理

語態 種類	主動語態	被動語態
簡單式	to do	to be done
完成式	to have done	to have been done

例：1. Apparently the machine needs <u>to be inspected</u> by a skilled mechanic right away.

很明顯地，那機器需要一位熟練的技工立刻檢查一下。

〔註〕：機器自己不會檢查，需要被人來檢查，所以不定詞用被動。

2. The meeting seems <u>to have been called off</u> because of rain.

會議好像因為下雨被取消了。

〔註〕：call off 片語，取消。不定詞為過去式被動。

㈨不定詞也有進行式和過去時式

 to＋be＋現在分詞 ＝進行時式（to be reading）

$$\boxed{\text{to} + \text{have} + 過去分詞} = 過去時代（\text{to have read}）$$

例：1. Tom seems <u>to be setting</u> the table now.

　　　現在湯姆好像正在舖桌子。

　　2. Smith seems <u>to have recovered</u> from his cold
　　　yesterday.

　　　史密斯昨天的感冒好像復原了。

㈩某些動詞後面接不定詞——

①某些動詞後面直接加不定詞或不定詞片語，例
afford，agree，decide，forget，happen，hope，learn，
plan，refuse，wait 等。

　例：1. He can't <u>afford</u> <u>to buy</u> a new car.

　　　他買不起新車。

　　2. He <u>hopes</u> <u>to receive</u> a scholarship for next year.

　　　他希望明年獲得獎學金。

　　3. I <u>have decided</u> <u>to order</u> a chicken dish.
　　　　　　　　V.

　　　我已決定要點一份雞肉餐。

②有些動詞後面接名詞或代名詞當受詞，再接不定詞。

　例 advise（勸告），order（命令），request（請求），
require，tell 等字。

　例：1. Who <u>advised</u> you <u>to join</u> this basketball team？
　　　　　　　　　V.

　　　誰勸你加入籃球隊的呢？

　　2. The court <u>ordered</u> him <u>to pay for</u> his parking
　　　tickets.

　　法庭命令他去付清他的停車費。

③有些動詞後接受詞＋不定詞，或直接加不定詞，句子
　的意義是完全不一樣的。例 ask，beg，expect，need，
　prefer 等字。

　　例：1. She <u>asked</u> <u>to talk</u> with the manager.
　　　　　　　　　　V.
　　　　　她要求要跟經理講話。

　　　　　She <u>asked</u> me <u>to talk</u> with the manager.
　　　　　　　　　　V.
　　　　　她要我去跟經理說話。

　　　　2. We <u>expected</u> <u>to be</u> on time.
　　　　　　　　　　V.
　　　　　我們希望要準時。

　　　　　We <u>expected</u> you <u>to be</u> on time.
　　　　　我們希望你要準時。

(2) 動名詞（Gerund）

　　動名詞是動詞改變衍生而來的名詞，兼有名詞和動詞的
性質。如 walk→walking，play→playing 等。動名詞也可以
用來避免一個句子中有兩個動詞。

　　句型　動詞＋-ing ＝動名詞

㈠動名詞的功能

　　動名詞可以用來作主詞，受詞，介系詞受詞以及主詞補

語。動名詞當主詞時，動詞須用單數。

○一動名詞當主詞──

例：1. Swimming is a good exercise.
　　　　　　　　V.

游泳是很好的運動。

〔註〕：動名詞 swimming 當主詞，動詞用單數
is。

2. Listening to English songs is fun.
　　　　　　　　　　　　S.

聽英文歌曲是有趣的。

〔註〕：動名詞片語 listening to English songs 當
主詞，動詞用單數 is。

○二動名詞當某些動詞的受詞──

例：1. He finished doing his homework.
　　　　　　V.

他作完功課。

〔註〕：動名詞 doing 作動詞 finished 的受詞。

2. I always enjoyed traveling.
　　　　　　　　V.

我常常享受旅遊的樂趣。

〔註〕：動名詞 traveling 做動詞 enjoyed 的受詞。

○三動名詞當介系詞受詞──

例：1. He is fond of reading newspapers.

他喜歡閱讀報紙。

〔註〕：is fond of 是片語當喜歡，嗜好。動名

詞 reading 當介系詞 of 的受詞。

2. I have always <u>been interested in</u> <u>learning</u> about different cultures.

我一直對學習不同文化非常有興趣。

〔註〕：動名詞 learning 當介系詞 in 的受詞。

㈣動名詞當主詞補語 ——

例：1. My mother's <u>hobby</u> is <u>cooking</u>.

我母親的興趣是烹飪。

〔註〕：動名詞 cooking 當補語，修飾主詞 hobby。

2. Seeing is <u>believing</u>.

百聞不如一見。

〔註〕：動名詞 believing 當主詞 seeing 的補語。

3. My favorite form of exercise is <u>jogging</u>.

我喜歡運動的形式是慢跑。

㈡**動名詞也有被動，與動詞的被動式類似。**

句型 | being＋過去分詞 |

語態　　種類	主動語態	被動語態
簡單式	doing	being done
完成式	having done	having been done

例：Everyone <u>is fond of</u> <u>being prised</u> by others.

每一個人都喜歡被別人稱讚。

㈢動名詞也有過去時式——

句型 | having＋過去分詞 |

此種動名詞則是指過去的動作。

例：He was accused of <u>having accepted</u> a bribe.

他被指控接受賄賂。

㈣某些動詞後面接動名詞和動名詞片語，也是考試常考題材，須背起來。

Admit（承認），appreciate（感激），avoid（避免），deny（否認），enjoy（享受），keep（保持，繼續），finish（完成），regret（後悔，遺憾），mind（介意），mention（提到）

例：1. He has <u>admitted</u> <u>taking</u> the money.

他已經承認拿了錢。

2. We <u>appreciated</u> <u>his</u> <u>telling</u> the truth.

我們感謝他說實話。

3. The government <u>is considering</u> <u>developing</u> computer industry.

政府正考慮發展電腦工業。

4. I didn't <u>mention</u> <u>seeing</u> you yesterday.

我沒有提到昨天看到你。

5. Do you <u>mind</u> <u>turning</u> down the radio？

你介意把收音機轉小聲一點好嗎？

㈤有些動詞後面可加動名詞和不定詞，但意思完全一樣不變。

　　例如：attempt，begin，like，prefer，plan，can't stand（不能忍受），can't bear 等字。

　　例：1. I prefer <u>to go</u> to the movies.

　　　　＝I prefer <u>going</u> to the movies.

　　　　我寧願去看電影。

　　　2. I <u>can't stand</u> <u>to walk</u> under such hot weather.

　　　　＝I can't stand <u>walking</u> under such hot weather.

　　　　我無法忍受在這麼熱的天氣走路。

㈥有些動詞後面可接不定詞或動名詞，但意義完全不同。

　　例：forget，regret，remember（想起來），stop（停止）。

　　例：1. I remember <u>to post</u> your letter.
　　　　　　　　　　不定詞

　　　　我記住要去寄你的信。

　　　　I remember <u>posting</u> your letter.
　　　　　　　　　動名詞

　　　　我想起替你寄過信的事。

　　　　〔註〕：remember 接動名詞時，當想起來，即過去的事忽然想起來了。

　　　2. Sue <u>stopped</u> <u>to talk</u> to Bob.

　　　　蘇停下來和包伯說話。

　　　　〔註〕：stop 接不定詞，表示停下來，開始和

Bob 說話。

She <u>stopped</u> <u>talking</u> to him five weeks ago.

她五個星期前不和他說話。

〔註〕：stop 接動名詞，作"不"解釋。

(七) TO 後面接動名詞——

有些片語連接 to，但不一定是不定詞，而是當介系詞用，所以它後面動詞，須用動名詞，須特別注意。例如：look forward to（期待），object to（反對），be used to（習慣於），in addition to（除外）

例：1. I am <u>looking forward to</u> <u>seeing</u> him.

G

我正在期望見到他。

2. Do you <u>object to</u> <u>turning</u> off the radio？

你反對關掉收音機嗎？

3. I <u>am used to</u> <u>jogging</u>.

我習慣於慢跑。

〔註〕：be used to 是指習慣於，卻不可與 used to 混用。

I <u>used to</u> jog.

我從前有慢跑。

〔註〕：used to 指從前，它的 "to" 不是介系詞，而是不定詞，不可接動名詞，而是接原形動詞。

(八)動名詞，不定詞與虛主詞 "it"的用法——

　　在英文裡常見 "it"做主詞的分身，放在句首，而主詞的本尊則放在句尾。" it"只是虛主詞。不定詞和動名詞當主詞的句型時常出現。

　　例：<u>To study</u> English is fun.

　　　　＝<u>Studying</u> English is fun.

　　　　＝<u>It</u> is fun <u>to study</u> English.
　　　　虛主詞

　　　　學習英文是有趣的。

　　〔註〕：以上三個句子意思是相同的。

(3) 分詞（participles）

(一)分詞的種類

　　分詞在文章寫作上時常會出現，一般分詞可分為兩種：

①**現在分詞**——即在原形動詞後加（-ing），含有主動意義。

　　例如：go→going，play→playing 等。

②**過去分詞**——即在原形動詞後加（-ed），含有被動的意義，例如：study→studied，talk→talked 等。

(二)分詞的用法

①**當主要動詞使用**（請參考動詞部份）

例：1. | be 動詞＋現在分詞 | ＝進行式

I _am_ _doing_ my homework.

我正在做功課。

My mother _is washing_ clothes.

我母親正在洗衣服。

2. | have ＋過去分詞 | ＝完成式

I _have finished_ my homework.

我已經作完我的功課。

3. | be ＋過去分詞 | ＝被動語態

This book _is written_ in English.

這本書是用英文寫的。

②當形容詞使用

本章主要討論的是此種用途。

1. 前面修飾

ⓐ現在分詞當形容詞表示主動意義。

例：a laughing soldier.

一位歡笑的士兵。

a smiling baby。

微笑的嬰兒。

boiling water.

正在沸騰的水。

ⓑ過去分詞當形容詞表示被動意義。

例：a _wounded_ soldier.

一位受了傷的士兵。

boiled water.

　　煮開過的水。

2. 後面修飾　即　│名詞＋分詞片語│

　　例：The student <u>who is studying English</u> is Tom.
　　　　　　　形容詞子句

　　＝The <u>student</u> <u>studying English</u> is Tom.
　　　　　　n.　　　分詞片語

　　正在讀英文的學生是湯姆。

㈢分詞句構的變化──

　　如果文章要寫得有變化，有深度，分詞句構就常會被應用到。在英文雜誌，報紙上常會看到這種句型。

　　即　│副詞子句＋主要子句│　→　│分詞片語＋主要子句│
（分詞句構）

　　常見的有以下幾種：

　　①兩個句子合併而成的分詞句構。

　　②形容詞子句改變而成的分詞句構。

　　③副詞子句改變而成的分詞句構。

　　分述如下：

①兩個句子合併而成的分詞句構

　　I walk to the library.

　　I saw my professor.

　　＝I walk to the library, <u>seeing</u>　my professor.

　　＝<u>Walking</u> to the library, I saw my professor.

　　我走到圖書館，看見我的教授。

　　〔註〕：由兩個句子合併而成的分詞句構，雖然句型

不同，但意義完全一樣。所以為什麼同樣意義的中文，英文卻可以有多種不同的說法。

因為兩個句子的主詞相同，所以可以省略其中一個句子的主詞，而動詞變成分詞。如果主詞不同時，則副詞子句中的主詞變換時須予保留。

②形容詞子句改變而成的分詞句構

ⓐ形容詞子句變成現在分詞片語

例：The boy <u>who looked for the missing dog</u> is Tom.
　　　　　　adj c.

＝The boy <u>looking for the missing dog</u> is Tom.

正在尋找失蹤的狗的男生是湯姆。

〔註〕：looking for the missing dog 係由形容詞子句 who looked 變換而成來形容名詞 boy，因為意義是主動，所以變換成現在分詞。

ⓑ形容詞子句變成過去分詞片語

例：This is the car <u>which is produced in Japan</u>.
　　　　　　adj c.

＝This is the car <u>produced in Japan</u>.
　　　　　　分詞片語

這是日本製造的車子。

〔註〕：produced in Japan 係由形容詞子句 which is produced 變換而成來形容名詞 car，因係被動意義，所以變換成

過去分詞。

③副詞子句改變而成的分詞句構

@副詞子句變成現在分詞片語

例：1. If you insist on your studies, you will pass the exam.

＝Insisting on your studies, you will pass the exam.

〔註〕：Insisting on your studies 是由副詞子句 If you insist on 變換而來，形容主詞 you，因為係主動，所以變成現在分詞。注意這兩個子句中的主詞是相同的。

2. While I was walking to the library, I saw my psychology professor.

＝ While walking to the library, I saw my psychology professor.

當我正走向圖書館時，我看見我的心理學教授。

〔註〕：副詞子句變成分詞片語，有些連接詞像 while，before 仍須保留。

ⓑ副詞子句變成過去分詞片語

例：1. When he was fired by his boss, Tom was very sad.

＝Fired by his boss, Tom was very sad.
　　分詞片語

當湯姆被老板解雇時，他很傷心。

〔註〕：Fired by his boss 係由副詞子句 when he was fired 變化而來，形容主詞 Tom，因係被動，所以變成過去分詞。

2. When he was punished by his teacher, the student was upset.

＝Punished by his teacher, the student was upset.

當這學生被老師處罰時，他很難過。

ⓒ副詞子句變成完成式分詞片語

例：1. After he had retired from company, he lived here for good.

＝Having retired from company, he lived here for good.

他從公司退休後，就要永遠住在這裡。

2. After he had graduated from university, John worked at big company.

＝ Having graduated from university, John worked at big company.

從大學畢業以後，約翰就在大公司工作。

第五章

名詞與代名詞

(1) 名詞（nouns）

凡是人、事、物、地方等的名稱，都是名詞，例如 cloud（雲），biology（生物），boy（男孩）等。名詞在句中與其他相關字間的關係，有三種功能，即名詞當主詞，所有格，受詞等使用。

例：1. <u>Mary</u> is a good girl.

瑪莉是一位好女孩。

〔註〕：名詞 Mary 在句中當主詞。

2. This is <u>Mary's</u> book.

這是瑪莉的書。

〔註〕：Mary's 是所有格，表示 Mary 所有的。

3. I love <u>Mary</u>.

我愛瑪莉。

〔註〕：名詞 Mary 當動詞 love 的受詞。

(一)名詞的種類——

名詞分為可數名詞（countable nouns）和不可數名詞（uncountable nouns）。

①**可數名詞**——因為可數所以有單複數形。單數名詞前面加 a，an 等。複數名詞則於字尾加 "S"。包括普通名詞，集合名詞等。

ⓐ普通名詞單數例：book，boy，table

複數例：books，boys，tables

例：1. This is a <u>book</u>.〔單數〕

　　　這是一本書。

　　2. There are many <u>books</u>.〔複數〕

　　　有許多本書。

ⓑ集合名詞——是指同類如人，動物的集合體的名
　稱。如 people（人民，民族），family（家庭，家
　族），team（團體）。若把集合名詞視為一整體，
　則其用法和普通名詞一樣。

例：1. The Chinese people love peace.〔單數〕

　　　中國人愛好和平。

　　2. There are many <u>peoples</u> in the world.〔複數〕

　　　世界上有許多民族。

②**不可數名詞**——因為不能數而無單複數之別。包括專
　有名詞，物質名詞，抽象名詞等。

　專有名詞，例如：Taiwan, New York

　物質名詞，例如：water，air，food

　抽象名詞，例如：smart（聰明），wisdom（智慧），
　　　　　　　　　　truth（真理），love（愛）

ⓒ專有名詞——人、地、物專有的名稱

　專有名詞須以大寫字母起首，通常不加冠詞 a，an，
　the 等，通常沒有複數。

例：1. Mr. Brown is <u>American</u>.

　　　布郎先生是美國人。

　　2. I am from <u>Taiwan</u>.

　　　我來自台灣。

3. <u>Boston</u> is a nice city.

波士頓是很棒的城市。

專有名詞前通常不加冠詞，但有些例外：

例：The Republic of China 中華民國（台灣）

The United States of America 美國（美利堅合眾國）

The Pacific Ocean 太平洋

The People's Republic of China 中華人民共和國（中共）

必須記住的專有名詞，像星期，月份。

星期：Sunday　　Monday　　Tuesday　　Wednesday
　　　星期日　　星期一　　星期二　　星期三
　　　Thursday　Friday　　Saturday
　　　星期四　　星期五　　星期六

月份：January　February　March　April
　　　一月　　　二月　　　三月　　四月
　　　May　　　June　　　July　　August
　　　五月　　　六月　　　七月　　八月
　　　September　October　November　December
　　　九月　　　十月　　　十一月　　十二月

ⓓ物質名詞——是指沒有一定形態的東西物質。

物質名詞是不可數的，所以沒有複數。例如 water，air，food，fruit 等。

例：Would you give me a cup of <u>water</u>？

請給我一杯水好嗎？

Water is very important for human being.

水對人類是很重要的。

ⓔ抽象名詞——是指性質，狀態，動作，概念等的名
稱。為不可數名詞，所以沒有複數。

例：wisdom（智慧），truth（真理，誠實）

To tell the truth is important.

誠實是很重要的。

㈡名詞的格——

名詞或代名詞和句中其他相關的字間的關係叫做「格」。
名詞在句子中的功能有三種用法：

1. 名詞當主詞為主格。

2. 名詞當所有者為所有格。

3. 名詞當受詞為受格。

例：1. John is a good student.〔主詞 John 是主格〕

2. This is John's book.〔John's 表示約翰所有的為所
有格〕

3. I love John.〔John 是動詞 love 的受詞為受格〕

㈢名詞所有格的用法及形成——

名詞的所有格表示其所有。

①人或動物的所有格

1. 單數名詞在字尾加's 以表示其所有。

例：1. It's Mary's book.

這是瑪莉的書。

2. The horse's tail is beautiful.

馬尾巴很漂亮。

2. 複數名詞字尾有 s 時，只加(，)即成所有格，字尾
沒有 s 時仍須加〔's〕

例如：ladies' hats 女士們的帽子

Children's toys 小孩的玩具

②無生命的所有格

所有物＋of＋所有者 ＝所有格

例：1. The cover of the magazine is beautiful.

這本雜誌的封面很漂亮。

2. Mary is a teacher of our school.

瑪莉是我們學校的一位老師。

③所有格後面名詞可以省略。

例：1. I came across Smith at the barber's （shop）.

我在理髮廳偶然遇到史密斯。

2. This cell phone is Bill's （cell phone）.

這隻手機是比爾的。

④雙重所有格——This，that，any，some 等與名詞連
用，須用雙重所有格。

例：Any friend of my brother's is welcome.

任何我兄弟的朋友都歡迎。

(2) 代名詞（pronouns）

代名詞是用以代替名詞的字，或之前提過的名詞。例如 you，he，I，你，我，他等是人的代名詞。代名詞通常可以分為下列五種：

①**人稱代名詞**——一切名詞均可改為人稱代名詞。

　　例：1. <u>David</u> is a teacher.

　　　　 <u>He</u> is a teacher

　　　　 他是老師。

　　　 2. <u>Mary and Tom</u> are good friends.

　　　　 <u>They</u> are good friends.

　　　　 他們是好朋友。

人稱代名詞也有主格，受格，所有格，所有格代名詞的功能。

格 ＼ 人稱	主　格	所有格	受　格	所有格代名詞
第一人稱	I　（我）	my （我的）	me　（我）	mine（我的東西）
	We（我們）	our（我們的）	us　（我們）	ours　（我們的東西）
第二人稱	you（你）	your（你的）	you（你）	yours（你的東西）
第三人稱	he　（他）	his　（他的）	him（他）	his　（他的東西）
	she（她）	her　（她的）	her（她）	hers（她的東西）
	they（他們）	their（他們的）	them（他們）	theirs（他們的東西）
	it　（它）	its　（它的）	it　（它）	
	Tom	Tom's	Tom	Tom's

　　主格形式的代名詞放在主詞位置當主詞，所有格用以修飾後面的名詞，受格形式的代名詞放在動詞或介系詞後面當受詞的功能。所有格代名詞則是避免重複，例如，my book，用 mine（我的東西）來代替 my book。

　　例：1. I am a student.（I 是主詞當主格）

　　　　2. This is my book.（my 是所有格）

　　　　3. She loves me.（me 是受詞當受格）

　　　　4. Those books are mine（mine 指 those books 為所有格代名詞）

②指示代名詞──指明一定的人或事物的代名詞稱之。

　　例如 this，that，these，those 等。指示代名詞後面如接名詞則成指示形容詞。

　　例：This is a book.（This 為代名詞）

　　　　That is a book.

　　　　These are our books.

　　　　這些是我們的書。

　　　　Those are our books.

　　　　那些是我們的書。

　　　　This book is mine.（This 接名詞 book 變成指示形容詞）

　　　　這本書是我的。

③不定代名詞──沒有確定指人，某事物的代名詞稱之。

　　例如 one（某個），some（有一些），any（任何，一些）等。some（有一些）通常用於肯定。any（任何）通常用於疑問句，否定句，或條件句。

例：1. <u>Some</u> of the books are mine.

　　有一些書是我的。

　　2. Do you have <u>any</u> book？

　　你有任何一本書嗎？

　　No, <u>I don't</u> have <u>any</u> book.

　　不，我一本書都沒有。

　　3. If there is <u>any</u>, please give me <u>some</u>.

　　假如有的話，請給我一些。

④疑問代名詞──

用以發問為何人，何物，何者等代名詞或形容詞叫做疑問代名詞或疑問形容詞。

ⓐ疑問代名詞其功能如下：

功能	主　　格	所有格	受　　格
何人	who（誰）	whose（誰的）	whom
何人，物	which〔那一個／那些〕（表有選擇性）		which（那一個）
何，物	what（什麼）		what（什麼）

例：1. <u>Who</u> is Mary？

　　瑪莉是誰？

　　〔註〕：疑問代名詞 who 是主詞補語當主格。

　　2. <u>Whose</u> is this book？

　　這本書是誰的？

　　It's <u>mine</u>.

這是我的書。

〔註〕：whose 為所有格。

3. <u>Whom</u> do you like？

你喜歡誰？

〔註〕：疑問代名詞 whom 當受格。

4. <u>Whom</u> are you talking with？

＝<u>With whom</u> are you talking？

你正在跟誰說話？

ⓑ疑問形容詞──

疑問代名詞 whose，which，what 等如放在名詞之前時，則變成疑問形容詞。

例：1. <u>Whose book</u> is this？
　　　　　　　　n.

這是誰的書？

〔註〕：疑問代名詞用以修飾名詞 book。

2. <u>what day</u> is today？

今天是星期幾？

Today is Monday.

今天是星期一。

〔註〕：疑問代名詞 what 用以修飾 day。

What is the date today？

今天是幾月幾號？

Today is April 28, 2008.

3. <u>Which book</u> do you want？

你要那一本書？

〔註〕：疑問代名詞 which 用以修飾 book
　　　　則變成疑問形容詞。

⑤關係代名詞

　　關係代名詞兼有代名詞和連接詞的作用。因此關係代名詞所引導的子句是用以修飾前面的名詞。例如 who，that，which，whose 等。

1. This is the man who wants to see you.
　　　　　n.　　　〔主格〕

　　這位先生是要來見你的人。

2. This is the man whom you want to see.
　　　　　　　　〔受格〕

　　這位先生是你要見的人。

3. I have a friend whose father is a teacher.
　　　　　　　　〔所有格〕

　　我有一位朋友他的父親是老師。

〔註〕：關係代名詞的人稱，數，性必須和前面的名詞，即前述詞一致。

關係代名詞的格

前述詞 ＼ 格	主　格	所有格	受　格
人	who	whose	whom
事、物	which	whose of which	which
人、動物、事物	that		that
事物	what		what

關係代名詞所引導的子句叫做關係子句，具有名詞子句和形容詞子句的性質，用以修飾前述詞。也就是說關係代名詞所引導的子句用來修飾前面的名詞。

例：1. I know a friend <u>who</u> speaks English very well.

〔主格〕

我認識一位英文說得很好的朋友。

2. The <u>teacher</u> <u>who</u> teaches us English <u>is</u> here.

       S.   V.

教我們英語的老師在這裡。

3. The man <u>whom</u> I talk to is a teacher .

〔受格〕

我跟他說話的那個人是老師。

4. I have a friend <u>whose father</u> is a doctor.

〔所有格〕

我有一位朋友他父親是醫生。

5. I like the house <u>which</u> he lives in.

〔受格〕

我喜歡他住的房子。

6. Look at the lady and her dog <u>that</u> are walking on the street.

注意看正走在街上的女士和她的狗。

第六章

△△△△△△△△△△△△△△△△△△△△△△△△△△△△△△△

形容詞(Adjectives)

△△△△△△△△△△△△△△△△△△△△△△△△△△△△△△△

形容詞在句子中是用以修飾名詞或代名詞的字或詞。形容詞的單字通常字尾會以（-ful），（-cal），（-ic），（-tive）等形式存在，例如 beautiful 美麗的，political 政治的，政治學的，politic 政治上的，angry 生氣的，conservative 保守的，意義有如中文中〔--的〕

例：1. Mary is a <u>beautiful</u> <u>girl.</u>
　　　　　　　　　n.

瑪莉是一位美麗的女孩。

〔註〕：形容詞 beautiful 修飾名詞 girl。

2. He is <u>honest</u>.

他是誠實的。

〔註〕：形容詞 honest 是主詞補語，用以補充
說明主詞 He。

3. She is a very <u>attractive</u> <u>girl</u>.
　　　　　　　　adj.　　　n.

她是一位非常動人的女孩。

(1) 形容詞的種類

一般形容詞有三種，性狀形容詞、代名詞形容詞、數量形容詞，分述如下：

㈠性狀形容詞——

用以表種類性質或性狀等的形容詞，形容好壞，大小，形狀或外觀等。例如，good（好的），young（年輕的），

big（大的），small（小的）等。

例：1. He is a good student.
　　　　　　adj　　n.

他是一位好學生。

〔註〕：形容詞 good，修飾名詞 student。

2. Mary has a big kitchen in her house.

在瑪莉家裡有一間大的廚房。

〔註〕：形容詞 big，修飾名詞 kitchen。

㈡代名詞形容詞——

有代名詞性質的形容詞，如後面接名詞則變成形容詞，如 This，That，These，Those，Some，Any，Every，Each，Whose，What 等。

例：1. This book is mine.

這本書是我的。

〔註〕：指示代名詞 This，修飾名詞 book。

2. This is my book.

這是我的書。

〔註〕：代名詞 my，修飾名詞 book。

3. There are some books on the desk.
　　　　　　　　　n.

在桌上有一些書。

〔註〕：不定代名詞 some 修飾名詞 books。

4. Whose book is this？
　　　　n.

這是誰的書。

〔註〕：疑問代名詞 whose 修飾名詞 book。

5. <u>What</u> <u>day</u> is today？

今天是星期幾？

〔註〕：疑問代名詞 what 修飾名詞 day。

(三)數量形容詞——

即表數或量的形容詞。數量形容詞在英文口語會話上常會出現。由於中文與英文的數字系統讀法不同之處甚多，對於外國學生而言，讀英語數字經常容易弄錯。因此，在全民英檢或 TOFEL 聽力測驗必定會出現，所以平常必需特別注意，加強練習。

數量形容詞又可分為

㈠不定數量的形容詞——用以表示不確定的數和量

例 many 許多（可數）→many eggs

much 多（表量，不可數）→much water

little（一些）

some（一些）＋不可數名詞，常用於肯定句

any（一些）＋不可數名詞，常用於疑問句，否定句。

㈡數詞——用以表示數目

數詞分為基數與序數，在每日口語會話中必定用到，雖然基數與序數看起來簡單，但如果用英文讀出來卻容易弄混亂，必須特別注意。

(a)基數——計數時所用的數詞叫做基數。

① 　1　　　2　　　3　　　4　　　5　　　6　　　7　　　8　　　9　　　10
　　one, two, three, four, five, six, seven, eight, nine, ten

② 　11　　　　12　　　　15　　　　18　　　　19
　　eleven　　twelve　　fifteen　　eighteen　　nineteen

③ 　20　　　　30　　　　40　　　　70
　　twenty　　thirty　　forty　　seventy

④ 　35　　　　　　58
　　thirty-five　　fifty-eight

⑤ 　100 以上數字的讀法

　　158－one hundred and fifty-eight

　　299－two hundred and ninety-nine

⑥ 1,000 以上的數字的讀法，每三位數字作一單位，方便讀音。

　　1,500－one thousand five hundred

　　21,289－twenty-one thousand, two hundred and eight-nine

　　1,000,000－one million 一百萬

　　100,000,000－one billion 一億

　　※hundred（百），thousand（千）等前面雖有數詞且為複數仍不加"s"

　　(b)序數——

　　　用以表示順序先後的數詞叫做序數。

　　例：First（第一），second（第二），third（第三），
　　　　fourth（第四），fifth（第五），sixth（第六），
　　　　seventh（第七），eighth（第八），ninth（第九），

tenth（第十）

　　基數和序數讀法常見於日常生活當中。但是對於母語非英語系的外國學生，數字的讀法很容易弄糊塗。因此在英語考試像全民英檢，TOEFL 會話聽力測驗常會考到。以下幾種讀法是日常生活會話必定用到的，請多加練習。

①西元年號的讀法

1995 年　nineteen ninety five

2000 年　Two millennium 或 Two thousand
　　　　　〔mə'lɛniəm〕n. 一千年

2005 年　Two thousand and five

2008 年　Two thousand and eight

②日期的讀法

　　日期通常用序數表示，寫時亦可用基數，但仍須以序數讀之。

　　例：1. March 22, 2008.

　　　　　讀成 March the twenty-second, two thousand and eight

　　　　2. May 20, 2008

　　　　　讀成 May the twentieth；two thousand and eight

③時間的讀法

　　說時間，問時間是每天會說的事，最簡單的

說法，就是直接說出，幾時，幾分。

例：8：36　　　　eight thirty-six

　　8 點正　　　　eight o'clock

　　8 點 15 分　┌ eight fifteen

　　　　　　　　└ eight past quarter

　　8 點 45 分　┌ eight forty-five

　　　　　　　　└ a quarter to nine

④電話號碼的讀法

直接地把電話數字讀出來。

Tel：（02）28213456

area code（zero Two）　two eight two one three
four five six.

cell phone：0938551321

My cell phone number is

Zero〔或 0〕nine three eight double five one three
two one.

⑤貨幣金額的讀法

美金＄8.52（八元五角二分）

　　　eight dollars fifty two cents

　　　＄5.35（五元三角五分）

　　　five dollars thirty five cents.

＄100　　　one hundred dollars（bucks）

＄1000　　one grand（或 one thousand dollars）

⑥小數點的讀法

小數點讀成 "point"

6.212 讀成 six point two one two

⑦加減乘除的讀法

例：$5+3=8$　　Five <u>plus</u> three <u>equals</u> eight.

　　　　　　　　　　　　(is)

　　　$10-4=6$　　Ten <u>minus</u> four equals six

　　　$6 \times 5=30$　　Six <u>times</u> five is thirty

　　　$15 \div 3=5$　　fifteen <u>divided</u> by three is five

⑧分數的讀法

(a)分子讀基數，分母讀序數

(b)分子大於 2 時，分母須加 "s" 形成複數

例：$\dfrac{1}{2}=$ one half

　　$\dfrac{1}{4}=$ a quarter　或 one fourth

　　$\dfrac{2}{5}=$ two fifths

　　分子與分母數目較大時的讀法

　　$\dfrac{65}{100}=$ sixty-five over one hundred

⑨百分比的讀法

$30\%=$ thirty percent

$95\%=$ ninety-five percent

⑵ 形容詞的比較

　　形容詞的比較可以分為三級，即原級、比較級和最高級。兩種東西比較，用比較級，三種以上比較用最高級。而且凡是東西比較，必須要對稱，即手和手比，腳和腳比，切不可和人比。

①原級：

　　例：1. She is tall.
　　　　　　她很高。

　　　　2. She is <u>as</u> tall <u>as</u> Mary.
　　　　　　她和瑪莉一樣高。

②比較級 ── 是在兩者之間作比較。

　　1. David is <u>taller than</u> Mary.
　　　　大衛的身材比瑪莉高。

　　2. This flower is <u>more</u> beautiful <u>than</u> that.
　　　　這朵花比那一朵更美麗。

　　3. Tom's Kitchen is <u>larger than</u> Henry's.
　　　　湯姆的廚房比亨利的廚房大。

③最高級 ── 用以三者或三者以上的比較。

　　1. She is <u>the most beautiful</u> girl in our class.
　　　　她是我們班上最美麗的女生。

　　2. This is <u>the most expensive</u> flower in the market.
　　　　這是市場最貴的花。

　　　　〔註〕：比較不用 than，而用 to 的字，像 superior

（較優），inferior（較劣），prefer（較喜歡）後面不用 than 而用 to。

例：1. His composition is <u>superior to</u> mine.

他的作文比我好。

2. I <u>prefer</u> coffee <u>to</u> tea.

我較喜歡咖啡而不喜歡茶。

形容詞比較級和最高級的變化

㈠有規則的變化

	原級	比較	最高級
①	cold	colder	coldest
	cheap	＋er	＋est
	fast	＋er	＋est
	long	＋er	＋est
	old	＋er	＋est
	young	＋er	＋est
	small	＋er	＋est
②	large	larg<u>er</u>	larg<u>est</u>
	nice	nic<u>er</u>	nicest
③	big	big<u>ger</u>	big<u>gest</u>
	hot	hot<u>ter</u>	hot<u>test</u>
	thin	thin<u>ner</u>	thin<u>nest</u>
	wet	we<u>tter</u>	we<u>ttest</u>

④	dry	drier	driest
	easy	easier	easiest
	pretty	prettier	prettiest

(二)不規則的變化

	原級	比較級	最高級
①	bad	worse	worst
	good	better	best
	many/much	more	most

②	beautiful	more beautiful	most beautiful
	comfortable	more comfortable	most comfortale
	difficult	more difficult	most difficult
	expensive	more expensive	most expensive

(3) 形容詞相等語

①有些名詞也可作形容詞修飾後面的名詞

　　例：the <u>city</u> <u>life</u>　城市生活

　　　　　　n.　n.

　　the railway station　火車站

②所有格的名詞與代名詞也具有形容詞的作用。

　　例：My book　我的書

　　　　John's book　約翰的書

somebody's book　某人的書

③現在分詞用作形容詞

例：a sleeping baby　正在睡覺的嬰兒

boiling water　煮沸的水（正在沸騰的水）

④過去分詞用作形容詞

boiled water

開水（表已煮開過的水）

⑤動名詞用作形容詞

例：swimming race　游泳比賽

a washing machine　洗衣機

第七章

副　詞(Adverbs)

　　副詞是用以修飾句子中的動詞，形容詞，其他副詞的字，有時也用於修飾整個句子，子句，片語等。副詞如 often，always，usually，generally，absolutely，slowly 等。

　　副詞的單字字尾一般通常會以〔－ly〕形式結尾，意義有如中文中的〔…地〕，slowly 慢慢地，quickly 很快地。

　　例：1. He speaks slowly.
　　　　　　S.　　V.　　adv.
　　　　　他慢慢地說著。
　　　　　〔註〕：副詞 slowly 修飾動詞 speaks.
　　　　　　　　　She dances well.
　　　　　　　　　S.　　V.　　adv.
　　　　　　　　　她跳舞跳得很好。

　　　　2. He is very handsome.
　　　　　　　　adv.　　adj.
　　　　　他非常地英俊。
　　　　　〔註〕：副詞 very 修飾形容詞 handsome。

　　　　3. He runs very fast.
　　　　　　　　adv. adv.
　　　　　他跑的非常的快。
　　　　　〔註〕：副詞 very 修飾副詞 fast。

　　　　4. Fortunately he did not die at car accident.
　　　　　很幸運地在車禍意外中他沒有死。
　　　　　〔註〕：副詞 Fortunately 修飾全句，he did not
　　　　　　　　　…accident.

　　副詞的種類有以下幾種

㈠一般副詞

①表情況的副詞——如 very（非常地），kindly（仁慈地），carefully（小心地）

　　例：1. She speaks English <u>very</u> well.
　　　　　她英語說得非常地好。

　　　　2. He drives <u>carefully</u>.
　　　　　他很小心地開車。

　　　　3. She gets up <u>early</u> this morning.
　　　　　她今天早上很早起床。

②時間副詞——如 now，today，tomorrow，yesterday。

　　例：1. I will go to Paris <u>tomorrow</u>.
　　　　　我明天要到巴黎去。

　　　　2. I am studing English <u>now.</u>
　　　　　我正在學英語。

③表次數，頻率的副詞——如 always（時常，總是），often（時常），usually（通常地），seldom（很少），never（未曾）等須放在動詞前面。但和助動詞或 to be 連用卻須放在它們後面。

　　例：1. He <u>often</u>　complains of his teacher.
　　　　　他時常抱怨他的老師。

　　　　2. John <u>always</u> goes to school by bicycle.
　　　　　約翰時常騎著腳踏車上學去。

3. Wine <u>usually</u> contains a large percentage of alcohol.

酒通常含有高濃度的酒精。

4. John <u>is</u> <u>always</u> late for school.

約翰是時常上課遲到。

5. He <u>is</u> <u>often</u> absent from class.

他是時常缺課。

④表地方的副詞——如 here，there，somewhere，everywhere。

1. Did you go <u>anywhere</u> yesterday.

你昨天去過什麼地方嗎？

2. I visited <u>there</u> yesterday.

我昨天去過那裏。

⑤表示程度的副詞——如 almost（幾乎）‧hardly（幾乎不，沒有），only（只有，僅），more（更多）。

1. He <u>almost</u> hit the car.

他幾乎撞到車子。

2. He <u>hardly</u> knows anything.

他幾乎什麼都不知道。

※注意：一個句子中如果有兩個以上的副詞時，場所副詞放在第一位，其次狀況副詞，再來次數副詞，最後時間副詞。

例：The president came <u>here</u> <u>late</u> <u>yesterday</u>.

地方adv　狀況　時間adv

總統昨天稍晚抵達此地。

(二)疑問副詞

　　用於發問的副詞為疑問副詞，如 when，where，why，how，無論是說話，新聞寫作問問題常用到。When（問何時），Where（何處），Why（問原因），How（問方法如何）疑問副詞通常置於句首，當疑問句時，主詞和動詞互換，動詞放在主詞前面。但如加上助動詞 do，does，did 時放在主詞前面。

例：1. <u>Where</u> are you from？

你是那裏人？

〔註：問籍貫，國家。可回答 I am from Taiwan
我是台灣人，我來自台灣。〕

2. <u>Where</u> do you come from？

你是那裏人？

〔註：同上句問的是籍貫，國籍，可答 I am
from Taiwan〕

3. <u>When</u> did you see Mary？

你什麼時候看到瑪莉？

4. <u>Why</u> do you come here？

為什麼你要來這裡？

5. <u>How</u> do you know it？

你是如何知道的？

(三)關係副詞

關係副詞兼有副詞與連接詞的作用。如 where（那裏），when（何時），whenever（不論何時），why（為什麼），how（如何）。

例：1. I still remember the day <u>when</u> we met.

我還記得我們見面的那一天。

2. This is the house <u>where</u> he lived.

這就是他住過的房子。

3. This is the reason <u>why</u> I like her.

這是我愛她的原因。

4. Could you tell me <u>how</u> you did it？

你能告訴我你是如何做到的嗎？

5. You may go <u>whenever</u> you like

什麼時候你喜歡都可以走。

〔註〕：whenever＝at any time when 之意。

第八章

冠詞與介系詞

(1) 冠詞（Articles）

所謂冠詞是指加在名詞前面的 "a"，"an" 或是"the"。冠詞也是一種形容詞。a，an 屬於不定冠詞用於不限定的單數名詞之前。the 則是定冠詞，用於特定的單數或複數名詞之前。

① a 冠詞──是指有一個，某一個的意思，放在單數名詞的前面。通常是用在以子音發音為首開始的單字之前。

例：1. He is a boy.
　　　　他是一位男生。

　　2. This is a book.
　　　　這是一本書。

② an 冠詞──也是指有一個，但是其用在以母音，a，e，i，o，u 為首發音開始的單字之前。

例：　an　　apple　　一個蘋果
　　　an　　egg　　一個蛋
　　　an　　hour　　一小時

③ the 冠詞──定冠詞 the 放在用於指特定的單數或複數名詞之前。

例：1. Boys should respect their teachers.
　　　　男孩子們應該尊敬他們的老師。

〔註〕：Boys 指一般的男孩。

2. <u>The boys</u> of our school respect their teachers.

我們學校的男生都尊敬老師。

〔註〕：The boys 是指特定的，我們學校的男孩。

定冠詞 the 的用法 ——

①用於指特定的人或物。

例：1. <u>The books</u> on the desk are mine。

桌子上的書是我的。

〔註〕：The books 特別指桌子上的書。

2. <u>The student</u> of our school are friendly.

我們學校的學生是友善的。

〔註〕：特別指我們學校的學生。

②用於表特定事物的物質名詞或抽象名詞。

例：1. <u>The sugars</u> of Taiwan is exported.

台灣的糖是輸出的。

2. <u>The smart</u> of the boy surprised me.

這男孩的聰明使我驚訝。

③指唯一的自然物。

例： the　　earth　　地球

　　　the　　sun　　　太陽

　　　the　　world　　世界

④有些專有名詞像國家，河流，山脈，海洋等，前面通常要加 the。

例：The Republic of China　中華民國

The Unied States of America　美國（北美合眾國）

The Pacific Ocean　太平洋

The Atlantic Ocean　大西洋

⑤用於方向，方位之前

例：the　　right　　右邊

the　　left　　左邊

the　　west　　西方

the　　south　　南方

⑥the 放在單數名詞可用以代表全體。

例：The people love peace.

所有人類都愛好和平。

⑦the＋形容詞當複數名詞

例：the rich（＝rich people）指富有的人。

the poor（＝poor people）窮人。

⑧用於序數之前

The first　第一，The second 第二

The third 第三

⑨用於形容詞最高級之前。

例：The most beautiful girl in the world.

世界上最美麗的女孩。

The last one.

最後一個

(2) 介系詞（prepositions）

介系詞是放在名詞前面，表示和時間或地點相關的字，介系詞和前面名詞所形成的片語，具有形容詞與副詞的功用。介系詞如 from，in，at，with，behind……等。

介系詞＋名詞＝介系詞片語

例：1. There are many people in the office.

在辦公室有許多人。

〔註〕：在這個句子裡，in the office 介系詞片語，修飾前面的名詞 people，當形容詞的作用。在句子中的 people 是指在 in the office 的人。

2. I play basketball in the Gym.

我在體育館打籃球。

〔註〕：在句中 in the Gym 介系詞片語，用來修飾 play basketball 這個動作，當副詞用。

3. I am working in the office.我正在辦公室工作。

〔註〕：在句子 in the office 這個介系詞片語修

飾 am working 這個動作，當副詞的功用。

㈠表地方的介系詞——

① at——用於表示地點或較小的地方之前。

例：1. I live <u>at</u> park street.

我住在公園街。

② in（在）——ⓐ用於較大的地方

ⓑ用於表示"在裏面"

例：1. I live <u>in</u> Taiwan.

我住在台灣。

2. The book is in the desk.

書放在桌子裡面。

③ on——ⓐ在…上

ⓑ表在…街道或路

㈡表時間的介詞——

① at（在）——表示時間上的一點，如時刻等。

I get up <u>at</u> seven o'clock in the morning.

我每天早上七點起床。

② in（在）──表示較長的時間，用於上下午、週、
月、季節、年等。

I was born <u>in</u> October.

我是十月份生的。

③ on（在）──用於日或某日上下午等。

I was bron <u>on</u> October 10, 1960.

我生於 1960 年 10 月 10 日。

I have a class <u>on</u> Monday morning.

我星期一早上有課。

㈢表位置介系詞及片語──

如 on 在上面，in 在裡面，across from 在對面。

例：1. The book is ⎰ on（在上面）the desk.

⎨ in（在裡面）

⎱ under（在下面）

2. The bank is <u>next to</u> the park.

銀行緊鄰公園。

3. The building is in <u>front of</u> the park.

大廈在公園的前面。

4. The hospital is <u>across from</u> the pharmacy.

醫院在藥局的對面。

5. The park is <u>between</u> First street and park road.

公園在第一街和公園路之間。

㈣其他介系詞 ——

① By＋交通工具 ＝乘坐…

by bus（坐公車），by train（坐火車）

by airplane（搭飛機），by ship（坐船）

I went to New York by airplane.

我搭飛機到紐約。

② By＋通信工具 ＝用……通訊

by telephone（打電話），by letter（用寄信）

by E-mail（用電子郵件）

例：I communicate with my friend by E-mail.

我用電子郵件和我朋友聯絡。

③ about（有關，關於）——關於某人或某事

I have heard a lot about you.

我聽了很多關於你的事。（久仰大名）

④ of（關於）——關於某人或某事的存在。

I have never heard of it.

我未曾聽說過它。

㈤介系詞或介系詞片語其後面的動詞要變成動名詞 ——

像 look forward to（期望，盼望），object to（反對），等片語中的 to 不是不定詞而是介系詞，所以其後接動名詞。

例：1. I object to smoking indoors.

我反對在室內抽煙。

2. I was <u>looking forward to</u> <u>seeing</u> you soon.

我盼望很快見到你。

3. Here are some tips <u>for</u> <u>becoming</u> a good speaker.

這裡有些方法成為好的演說家。

4. She <u>is not afraid of</u> taking English test.

她不怕參加英語測驗。

第九章

中英文翻譯的技巧

　　中文和英文是不同的語系，中文屬於象形文字，英文則是拼音文字。其中差異表現在句子中的順序，以及字的順序不同。再加上文化差異，語言表達方式不同，中文和英文沒有絕對百分之百對應的東西。因此，英語的翻譯如果只是照字面意義直接翻譯有時是行不通的。所以，必須運用一些策略，方法和技巧，如你必須依照英語文法習慣方式，慣用語，句型，文化背景等因素來解析句子，並將原文的原意加以修飾，使更合乎原意。

　　例：1. 英文翻譯中文

　　　　　"Kill two birds with one stone."

　　　　　這是一句西方格言，一舉兩得。如同中文一石兩鳥，一箭雙鵰。

　　　　2. 中文翻譯英文

　　　　　"三個臭皮匠勝過一個諸葛亮"

　　　　　　這句中文成語，其意是指集思廣義，表示多人思考總比一個人想好。外國沒有諸葛亮，也沒有臭皮匠，你只能用英文對等的英文來翻。

　　　　　"Two heads are better than one"

　　　　　兩個腦袋瓜總比一個強。

　　在英語學習過程中，翻譯和作文也是多數莘莘學子最感頭痛的問題。根據九十七年度大學學測成績公佈發現，英文科翻譯試題約有一萬伍仟人左右得零分，英文作文則約有一萬陸仟人得零分，可見我們的英文學習出現問題。如果連句子都看不懂或寫不出句子，如何翻譯或作文。所以最基本就是要從句子翻譯練習開始。其實一個英文句子不論多長或多短，只要能找到主詞和動詞，並簡化之，就可以很輕易的了解句子的含意和關係，其他的詞，像片語，子句等，可能就只是修飾語而已，加上英文常有後面翻譯前面的情形，了解以後，翻譯就不再是困難的問題了。

(1) 英文翻譯成中文

英文翻譯成中文的技巧：

①先找出句中主詞和動詞。對於較長的句子，要先弄清楚是否為名詞子句，形容詞子句，副詞子句。避免誤把子句的主詞和動詞當成是句子的主詞和動詞。

②再找出受詞或補語及其他修飾語等對應關係

③整合句中所有單字，以及英文常有由後面翻譯前面情形，再整句翻譯。

例：1. He speaks English very well.
　　　S.　　V.　　　O.
　　他英語說的很好。

2. Robert missed his chance to meet the president.
　　　S.　　V.　　　O.　　　　　O.C.
　　羅伯錯失與總統碰面的機會。
　　〔註〕：不定詞 to meet 修飾受詞 chance 當受詞補語。

3. I must admit the dog is afraid of Matthew.
　　S.　　V.

　　　　　我必須承認這隻狗怕馬修。

　　　　〔註〕：admit 後面省略連接詞 that，the dog is afraid of Matthew 是名詞子句當受詞。

4. <u>Studying all night</u> <u>is</u> good for neither your grades
　　　　S.　　　　　　V.
nor your health.

整晚讀書對你的成績或健康都沒有好處。

　　　　〔註〕：Studying all night 是現在分詞片語當主詞。

5. <u>He</u> <u>hadn't planned</u> to call her, but he changed his
　S.　　V.
mind at the last minute.

他沒有計劃要打電話給他，但是最後一分鐘他改變心意。

　　　　〔註〕：but 後面引導的是附屬子句，與主要子句相反的意思。

6. The beautiful <u>girl</u> with blue eyes <u>look</u> great.
　　　　　　　　S.　　　　　　　　V.

有著藍色眼睛的漂亮女孩看起來很棒。

7. The tall, young, sexy, rich <u>princess</u> who lives in
　　　　　　　　　　　　　　S.
castle <u>loves</u> the short, fat, ugly, poor <u>man</u> named
　　　V.　　　　　　　　　　　　　　O.

Shrek.

〔翻譯〕：住在城堡，年輕，高姚，性感又富有
的公主愛上矮小，肥胖，醜陋又窮困
的名叫史瑞克的男子。

〔註〕：句子雖然比較長，但是只要找到主詞，
動詞便可了解句子的意義。主詞是
princess，動詞是 loves.

簡化如下變成：

The <u>princess</u> <u>loves</u> the poor <u>man</u>.
　　 S. 　　 V. 　　　　　　 O.

這個句子的句型是 S＋V＋O

tall，young，sexy，rich 都是形容詞修飾名詞
princess，short，fat，ugly，poor 也是形容詞修
飾名詞 man，who live in castle 是關係名詞修飾
前面的名詞，named 是分詞修飾前面的 man。

8. Many <u>people</u> who were afraid of computers at first
　　　　 S.

now <u>feel</u> they are easy to use.
　　 V.

〔翻譯〕：許多人剛開始時害怕使用電腦，現在
覺得它們很好使用。

〔註〕：主詞 people，動詞 feel

句子簡化變成：Many people feel they are easy to
use.

who 是關係代名詞所引導的子句修飾名詞 people。
feel 是動詞，they are easy to use 是名詞子句，當
受詞。

9. U. S. Democratic presidential candidate Hillary
   <u>Clinton</u> <u>urged</u> president George W. <u>Bush</u> on
   S.　　　V.　　　　　　　　　　　　　O
   Monday <u>to boycott</u> the Beijing Olympics opening
   ceremonies this summer <u>unless</u> China improves
   human right.

〔翻譯〕：美國民主黨總統候選人希拉蕊柯林
　　　　　頓，在星期一呼籲布希總統抵制今
　　　　　年夏天在北京奧林匹克的開幕儀式，
　　　　　除非中共改善人權。

〔註〕：urge 力勸，呼籲，boycott 抵制，杯葛。
　　　　句子看起來雖然很長，但是只要找到主
　　　　詞和動詞就變得清楚容易了。簡化一下
　　　　句子：

　　　　<u>Hillary</u> <u>urged</u> president W. <u>Bush</u> to boycott
　　　　S.　　　V.　　　　　　　　O
　　　　ceremonies <u>unless China improves human</u>
　　　　　　　　　　　副詞子句
　　　　<u>rights</u>.

　　　　　　主詞是 Hillary Clinton，前面 U. S.
　　　　Democratic presidential Candidate 都是
　　　　形容詞形容 Hillary Clinton 即美國民主

黨總統候選人。

動詞 urged，呼籲。

to boycott 是不定詞，to boycott the Beijing Olympics Opening ceremonies 當受詞補語。

所以此句型為〔S＋V＋O＋C〕

Unless China improves human rights〔副連接詞

詞子句修飾全句〕

10. And so, my fellow Americans: ask not <u>what</u> your country can do for you — ask <u>what</u> you can do for your country.

My fellow citizens of the world: ask not what America will do for you, but what together we can do for the freedom of man.

〔翻譯〕：所以，所有我的美國同胞們：不要問你們的國家（美國）能為你們做些什麼，相反地，要問一問你們自己能為你們的國家做些什麼。

全世界各國的國民：不要去問美國將能為你們做些什麼，而是應問一問，我們是否能夠一起為全人類的自由做些什麼。

〔註〕：這是摘錄 1961 年 1 月 20 日，美國總統

甘迺迪就職典禮演說精彩片段。

fellow，名詞，名人，傢伙。<u>ask</u> <u>what</u>
                                      V.

<u>you can do</u> for your country
N.C.當 O.

是祈使句，省略 you

11. 電影片名翻譯

有些電影片名，中文翻譯與原片英文完全風牛馬不相干，電影公司有時為了電影更吸引人非翻譯個 "轟動武林，驚動萬教" 的片名不可。有時賣座的影片一出現，則會出現一堆類似片名的影片，什麼神鬼戰士、神鬼奇航、神鬼交鋒等。以下列出一些耳熟能詳的片名供參考。

ⓐ中文片名：亂世佳人

  英文片名：Gone with the wind

  〔註〕：40，50 年代的金獎名片，費雯麗，克拉克蓋博主演，按字面應是 "隨風飄逝" ，也有翻成 "飄" 。

ⓑ中文片名：神鬼戰士

  英文片名：Gladiator

  〔註〕：gladiator 是古羅馬公開表演的格鬥者，通常皆為奴隸或俘虜，或者指精於辯論或格鬥者。

ⓒ中文片名：神鬼認證 2：神鬼疑雲

英文片名：The Bourne supremacy

〔註〕：Bourne 是片中 CIA 中情局幹員，任
　　　　務失敗被追殺故事，supremacy 是至
　　　　高，至尊之意。

ⓓ中文片名：**霹靂嬌娃**

英文片名：Charlies Angels

〔註〕：四位美女幹員打擊壞人的警匪動作電
　　　　視劇，並改拍成電影。

ⓔ中文片名：**慾望城市**

英文片名：Sex and the city

〔註〕：美國電視有名連續劇，現已改編為電
　　　　影，描述四位現代都會女士在紐約生
　　　　活的寫實，包括工作，時尚，情慾等
　　　　的故事。

ⓕ中文片名：**星際大戰二部曲：複製人全面進攻**

英文片名：Star wars：Episode Ⅱ－attack of the
　　　　clones.

ⓖ中文片名：**色戒**

英文片名：Lust Cautious

〔註〕：奧斯卡金像獎名導演李安 2007 年製

作出品電影。描述大陸抗戰時，女間諜色誘情報頭子的故事。Lust 是色慾，貪慾之意。Cautious 小心，謹慎的。

ⓗ中文片名：雙面翻譯

英文片名：The interpreter

〔註〕：由名演員妮可基嫚主演。故事描述在聯合國總部服務的一位女翻譯員無意中聽到一段對話，她聽到的內容可能可以讓一個政府垮台，引發一連串陰謀的故事。

〔註〕：interpreter 是指口譯者，特別是指同步口譯者。

translator 是指譯者，翻譯者，書籍，文章的翻譯。

(2) 中文翻譯成英文

中文翻譯成英文，是大眾學習英文過程中最感到棘手的問題。中文與英文是完全不同的語系，因此翻譯只要合乎文法，句型正確合理，就可以有不同的表達方式，而並非一成不變。在英文句子中常有轉換不同句型，而句子的意義是一樣的。而事實上英文翻譯也並非唯一。而且並非要逐字逐句翻譯才可。

　　翻譯其實也不是很難，但首先你必須先找到主詞和動詞，再寫出受詞或補語，修飾語等。可以有不同的翻譯方式，但要傳達同等的訊息，一種意義常可用多種字彙，詞句來傳達相同的訊息。所以翻譯時不要因為一時想不起某個單字或詞句而停頓，應該思考其他同義的單字或詞句來取代。

　　1995 年（民國 84 年）6 月李前總統在他母校康乃爾大學發表一篇重要英語演說，中文名為「民之所欲，長在我心」，這句中文取自尚書，這麼深奧含意的中文，如何翻譯。聽說數次改稿由原先題目

　　「What do people want」後來修改為
　　↓
　　「With the people always in my heart」

　　聽說李前總統都不滿意，最後由當時新聞局長胡志強先生接手了講稿撰寫工作，最後完成「Always in my heart」的知名作品，中文「民之所欲，長在我心」，主要強調中華民國，並以台灣經驗，主權在民闡述台灣的政經成就與國際處境，李前總統完成一次非常成功的外交宣傳。

　　這麼深奧含意的中文，英文翻譯是這樣，你會嚇一跳吧！

　　「Always in my heart」，英文單字國中生都會。所以翻譯不在單字的難易，而在翻譯後的含意。

　　中文翻譯成英文的技巧：

　　①先找出句中主詞和動詞，再寫出每個中文字詞的英文。

　　②依文法規則，按照句意，將之排列組合。

例：<u>我們</u> <u>認為</u> <u>她</u> <u>是</u> 一位 <u>好老師</u> 。
　　　S.　　V.　　S　V.　　　　　C.

①先寫出

　　　　我們＝We　　（主詞）

　　　　認為＝thought（動詞）

　　　　她　＝she　　主詞

　　　　是　＝is　　　動詞

　　　　一位好老師＝a good teacher

② <u>We</u> <u>thought</u>（that）　<u>she is a good teacher.</u>
　　S.　　V.　　　　　　　N.C 當受詞

　　句型為 S＋V＋O

例句：1. 有著棕色羽毛的 <u>鳥</u> <u>飛得</u> 很高。
　　　　　　　　　　　　S.　V.

　　The bird with brown feather flies high.

　　2. <u>波士頓</u> <u>是一個</u> 現代化和乾淨的城市。
　　　　　S.　　　V.

　　Boston is a modern and clear city.

　　3. 我的英文<u>老師</u> <u>是</u> 個英俊、活潑的紳士。
　　　　　　　　S.　　V.

　　My English teacher is a handsome, active
　　gentleman.

　　4. <u>你</u> <u>喜歡</u> 在酷熱的夏天裏游泳嗎？
　　　　S.　　V.

　　Do you like to swim in the hot summer？

　　5. <u>他</u>不常<u>旅遊</u> <u>因為</u> <u>他</u>很忙。
　　　　S.　　　V.　　連接詞 S.

He seldom travels because he is very busy.

6. 這 是非常不幸的，我們從未由歷史學到教訓。
   S. V.   S.   V.

It's unfortunate that we never learn from history.

7. 他總是堅持用他的方式。
   S.   V.

He always insists on getting his way.

8. 如果 我 是你，我將會很快樂有如此的幸運。

If I were you, I would be delighted with such luck.

9. 你還有五分鐘時間考試，請不要忘記寫上你的
名字。

You have about five minutes to finish your tests,

please don't forget to put your names on them.

10. 他雖然窮，但是他很誠實。

    ① He is poor, but he is honest.

= ② Although he is poor, he is honest.

= ③ He is poor, yet he is honest.

= ④ Despite the fact that he is poor, he is

    honest.

11. 游泳 是 有益健康。
    S.   V.   O.

    To swim is good for health.

= Swimming is good for health.

= it is good for health to swim.

12. 那些用英文寫的 白色的書 是 我的。

Those white books which are written in

　　s.

English are mine.

　　v.

＝ Those white book written in English are mine.

　　s.　　　　　　　　　　　　　　v.

13. 你開我玩笑？

You put me on.

＝ you are joking.

＝ you are kidding me.

＝ you are pulling my leg.〔俚語〕

〔註〕：put someone on 是開某人玩笑，pull someone leg 是俚語，瞎扯，玩笑之意。

14. John 不用功 讀書而 跑去 看電影。

John didn't study, he went to the movies.

＝ Instead of studying. John went to the movies.

(3) 常用翻譯句型

1. Not only…but also （不只…而且）

The soldier was not only brave but also humble.

這士兵不只勇敢而且謙卑。

2. too…to （太…所以不能）

He is too old to work.

他太老以致於不能工作。

3. So…that（如此…以致於）

He is <u>so</u> old <u>that</u> he can't work.

他太老以致於不能工作。

〔註〕：too…to 可以轉換成 so…that＋not

4. as…as（一樣）

Phillip is <u>as</u> big <u>as</u> Bill.

菲力浦和比爾一樣粗壯。

5. the＋比較級…，the＋比較級（愈…愈）

ⓐ <u>The more</u> honest he is, <u>the more</u> we look up to him .

他愈誠實，我們愈尊敬他。

ⓑ <u>The sleepier</u> John gets, <u>the more</u> he yawns.

約翰愈想睡，他愈打哈欠。

ⓒ <u>The more</u> money Don makes, <u>the more</u> his wife spends.

唐賺得愈多，他太太花的愈多。

6. not…until（一直到…方始）

He will <u>not</u> hear from me <u>until</u> I reach my destination.

他要等我抵達目的地才會接到我的消息。

7. As soon as （…立刻就）

<u>As soon as</u> Mary finished reading her book, She and Laura went out to dinner.

瑪莉一讀完她的書，就立刻和羅菈去吃飯了。

8. No sooner…than（剛…就）

<u>No sooner</u> had he failed in business <u>than</u> he felt like

commiting suicide.

他剛一生意生敗，就想去自殺。

9. Hardly （scarcely）…when（剛…就）

<u>Hardly</u> had he completed his mission, <u>when</u> he made a report to the Minister.

他剛一完成任務，就向部長提出報告。

＝<u>No sooner</u> had he completed his mission <u>than</u> he made a report to the Minister.

＝<u>As soon as</u> he completed his mission, he made a report to the Minister.

〔註〕：Hardly…when，no sooner…than，都可轉換成 as soon as 的句型，不過過去完成式要改用過去式。

10. It takes…＋時間（花費…時間）

<u>It takes</u> me <u>an hour</u> to go to the airport by bus.

我坐公車到機場要一個小時。

第十章

如何說得更好

　　如何把英語說得更好，當然首先你要敢開口說英語。說英語與寫英語不同。口說時你可以是單字，片語，句子加上肢體語言的表示，溝通絕對沒有問題。但是如果你想要說得好，有深度可就要下點功夫。其實想要短期學會開口說英語不難，但是要說得字正腔圓，有深度可就不容易。所以學習語言應該把心態調整一下，至少要說得正確，但並非得像外國人一樣字正腔圓不可，否則你永遠不敢開口說英語。

　　語言是溝通的工具，最重要的是你說出來的話，別人聽得懂，別人講的你也聽得懂。所以除了發音正確外，英語文法的正確性也很重要。英語文法不是要教你如何說英文，而是要教你如何說得正確。因此要別人聽得懂你說的英語，必須要有正確的文法觀念。除此之外，以下幾點也可以幫助提升你的英語口說能力的進步：

(1) 活用動詞

㊀三個單字說英文句子 ——

　　英文動詞是句子的靈魂。因為一句意思完整的英文句子，必須包括有主詞和動詞。所以動詞也變得格外重要了。只要用三個英文單字，便可以說一句完整的英文句子，既簡單又容易，一學就會。對於多數不敢開口說英語的人，只要應用此種簡單句型，保證馬上學會。

　　例：1. S ＋ V ＋ C
　　　　 主詞 動詞 補語

He <u>is</u> a teacher.
　　　V.

You <u>are</u> a student.
　　　　V.

She <u>seems</u> embarrassing.
　　　　V.

她似乎很尷尬。

2. S ＋ V ＋ O
　主詞　動詞　受詞

He <u>loves</u> you.
　　　V.

The car <u>hits</u> the <u>power pole</u>.
　　　　　V.

車子撞到電線桿。

㈢活用簡單動詞的多種用途 ——

許多簡單的動詞，例如 do，let，have，get，give，take ……等，口語會話常會用到，只要學會這些基本動詞的許多含意和用法，便容易開口說英語。

例：〔take〕動詞的多種用法：

1. 當取，拿。

I <u>take</u> it with my hands.
我用手拿它。

Who has <u>taken</u> my pen？
誰拿走了我的筆？

2. 當接受。

She <u>took</u> my advice.

她接受我的勸告。

3. 當獲得。

Professor Lee <u>takes</u> the Nobel prize.

李教授獲得諾貝爾獎。

4. 食用，飲用，服用，吸等。

I <u>take</u>（have）breakfast at seven o'clock.

我七點吃早餐。

She <u>takes</u> a little wine.

她喝一些酒。

He <u>takes</u> medicine.

他服藥。

I <u>take</u> a deep breath before running.

開始跑以前我先深呼吸一下。

5. 當乘坐。

We <u>took</u> an airplane to Boston.

我們坐飛機到波士頓去。

6. 起飛，脫去。

The flight No.823 will <u>take off</u> in ten minutes.

編號 823 班機將於十分鐘後起飛。

I <u>take off</u> my shoes when I get into the house.

當我走進屋子時，就把鞋子脫掉。

7. 慢慢地。

<u>Take</u> your time, I am not hurry.

慢慢來，我不急。

8. take part in 參加。（動詞片語）

I <u>took part in</u> the meeting yesterday.

我昨天參加會議。

9. take place 舉行，發生。（動詞片語）

When will the party <u>take place</u>？

宴會何時舉行？

(2) 學好正確發音和說話語調

發音和語調是別人對您說英語表達能力的第一印象，如果您的發音正確，語調自然，別人一定對您刮目相看。

㈠正確發音 ——（請參考筆者所著英語溝通必備基本單字）

由於美式英語風行全球，國人一般人所聽到的，說的英語也是以美式英語為主，所以務必學好 KK 音標，把音標練好。正確發音並不是一定非得說得像外國人一樣字正腔圓不可，最重要的是要說得正確，說清楚講明白。

㈡英語語調 ——

英語語調的高低起伏，如同中文中有四聲，有抑、揚、頓、挫讓說話時更生動。英語語調（intonation）的表達方式有些是有規則可循的。

①下降調時 —— 一般在句子中有直述句、祈使句、感嘆句時，通常為下降調。

例：Please give me a hand.

請幫忙我一下。

It is a nice day.

今天是好天氣。

②下降調──用疑問詞而形成的疑問句，像 what，who，通常也是用下降調。

例：1. Who wrote ↘ it？

誰寫的。

2. What is ↘ this？

這是什麼？

③上升調──如果是要回答 yes 或 no 的疑問句，即不是以 wh 一起頭之問句，通常用上升調。

例：1. Do you like ↗ it?

你喜歡它嗎？

Yes, I like it.

2. Is this book ↗ yours？

這本書是你的嗎？

No, it isn't mine.

不，它不是我的書。

④如句子像 A or B？句型時，則為上升調及下降調

例：Is this a ↗ book or a ↘ note book？

這是一本書或筆記本呢？

⑤在句子中，如果所要表達的尚未完結時，用上升調，而所表達者為完結時，則用下降調。

例：There are ↗ Monday, ↗Tuesday, ↗Wednesday,

and ↘ Sunday.

(3) 口說能力練習的方法

　　國內英語教育偏重讀和寫，因此缺乏口說能力的訓練，學生常有想說英語口難開的窘境。現在全民英檢考試或 TOEFL 考試，都加入口說能力測驗。主要測試應考者發音的正確性及語調的協調性，以及溝通理解能力等。因此不僅要聽得懂，也要能說出口而且要有內涵。

　　此類測驗大概分為三部份。像朗讀句子或短文，回答問題，以及看圖敘述說故事等。因此，平常就要多加練習。平常練習說英語縱使沒有人可以對談練習會話，你也可以自己大聲朗讀句子或文章，甚至把文章背起來，也是讓英文流利的方法之一。多看，多讀，大聲朗讀練習，對於說英語絕對是有幫助的。

　　下面舉例說明練習的方法，讀者仍須自行多作練習。

　　㊀朗讀句子 —— 大聲朗讀句子或者把句子錄音起來，然後跟著讀，即複誦句子。

① Carl always tries to get his own way.

② I have to have my advisor sign my class card.

③ Tomorrow is Sunday, August 20th.

④ May I help you?

⑤ There were 15 students in the classroom yesterday.

⑥ What does this word mean？

⑦ I've noticed that your English is really good.

⑧ Can you tell me how you learned your English.

㠯朗讀短文的方法——

朗讀短文練習時，將句子以詞組為單位，分段落句讀。即將句子中每一個詞組用斜線分開，而每一小段落，各自都含有一群單字組成的整體意義，然後逐步朗讀如此才有空間換氣，而不只是一口氣朗讀文章而已。如同唱歌一般才能顯現抑、揚、頓、挫的語調節奏。發音正確，語調自然，讓說話更深動。

例：A recent study ／has indicated／that 5 or 6 minutes of exercise ／will yield as much benefit as／drinking a single cup of coffee／to stay a wake.

According to the study,／a cup of coffee／will only help／to keep a tired person awake／for a short period of time／,up to two hours.

The same result／can be obtained／by brief, vigorous calisthenics. This suggests／that sleepy drivers／would do better／to run around their car／several times／than to stop／for a cup of coffee.

〔註〕：vigorous〔'vigərəs〕adj 精力充沛的，有力的。calisthenics 柔軟體操

〔譯文〕：最近研究發現，5 到 6 分鐘的運動，將會產生和喝一杯咖啡來保持清醒有相同的好處。根據研究，一杯咖啡只能幫助一位疲憊的人維持短暫的清醒時間，頂多 2 個小時。

同樣的結果，也可由做簡單的，有活力的柔軟體操來獲得。因此建議想打瞌睡的駕駛最好繞著車子跑數次總比停下來喝一杯咖啡好。

㊂回答問題練習

平常自我練習，目視題目，試著自己回答問題。在全民英檢考試時題目則是用聽的，試題上看不到，而且回答時間有限制，僅有 15 秒到 30 秒之間。因此平常就要訓練自己多開口說英語，儘量表達自己的想法。同時自己也可把題目錄音起來自問自答練習。問句常用 5W＋H 句型，who（問人），what（事件），where（地方），when（何時），Why（原因），How（如何方法）。回答問題最重要是人家問什麼，你要答什麼，不可答非所問。

例：1. 問：<u>What</u> are you doing right now？
　　　答：I'm studying English right now.

2. 問：<u>what</u> is your favorite sport？ Why？
　　答：I like play basketball, because it is good for health.

3. 問：<u>Who</u> in your family cleans the house most of the time？
　　答：My sister Mary cleans the house most of the time.

4. 問：Do you like to visit Taipei 101？
　　答：Yes, I like to visit Taipei 101. It's the landmark

of Taipei.

5. 問：<u>Where</u> do you usually <u>go for a walk</u>？

答：I usually go for a walk at park.

6. 問：Why is talking difficult？

答：It's difficult because you have to say the right thing at the right place and the right time.

⑷ 一分鐘演講訓練──自我介紹開始

在國際間交往日漸頻繁，用英語交談或發表意見，自我介紹，參加研討會簡報，無可避免的，你必須用到英語，這已是世界潮流。學了多年英語對多數人而言，一般英語對話就有困難，何況要面對一群人自我介紹或簡報，更是冷汗直流，舌頭打結。其實也沒有那麼嚴重，只要事先做好準備，平時多練習是可以克服的。

首先用 4A 大小的紙張，把自己想要介紹的內容先寫下來，而且儘量口語化。朗讀幾次以後把它背下來或用錄音機錄下來，自己聽聽看。直到能流利的說出來。從此以後你用英語自我介紹，保證通行無阻。

等熟悉這種方式以後，你可以再進行其他項目的練習，利用上述方法重複練習，保證學會。

例：自我介紹

Good morning: Ladies and gentlemen: I'm so glad to be here. I would like to introduce myself. My name is Tony Wang, I come from Taiwan, and I am a student. I am studying at Boston university, my major is Chemistry. There are four members in my family. My father is a teacher, and my mother is a housewife, my young brother is a student, he is studying at senior high school.

I'm an open-minded person. I like to meet people from different country, and I would like to make friends with them.

I have many hobbies, such as music, movies, swimming, and traveling.

I like to listen to the music when I have free time. I like jazz and classic music very much. I like swimming, because swimming is good for health. I always go to swim twice a week.

I also love to travel. I have been to Japan, Korea, China, America, and I enjoyed traveling. Traveling is very interesting, and I have learned a lot from different country.

I have a dream. One day I will travel around the world. Today it's my pleasure to meet you everyone here. Thank you !

(5) 如何用英語簡報
（presentation）

　　由於國際化的趨勢，用英語溝通的機會越來越多。不論在國際會議或研討會，論文發表口頭報告，用英語作簡報的機會也越來越普遍，因此想要學習更上一層樓，對英語簡報的技巧應加以了解。

　　其實用英語作簡報並不難，簡報的方式也很制式化。只要按一定的程序步驟進行即可順利完成。當然事先的充分準備也是必須的，所謂台上十分鐘，台下十年功。

　　針對英語簡報時應注意的幾點事項簡單說明如下：

1. 簡報時間以 20 分鐘最為適當 ——

　　15 分鐘簡報，5 分鐘留給聽眾發問，增加雙向溝通的機會。

2. 演講時使用的句子不要過分冗長 ——

　　用英語簡報時，句子要簡短有力。句子過長或含糊不清，常會讓人愈聽愈糊塗。

3. 儘量以口語化的英語方式表達 ——

　　如果只是在講稿中處處以艱深難懂，類似報紙社論的文字照稿宣讀，常會給人生硬不自然的感覺。

4. 平時應多作英語會話的練習。

　　以下就實際簡報進行情況舉例說明如下：

① Greetings 問候語或開場白

　　最常用的問候語 "Ladies and Gentlemen"，或 Mr.

chairman, Honorable guest, Ladies and gentlemen, good morning.

主席，各位來賓，各位女士，先生，早安。

It's very pleasure for me to be able to attend this meeting.

非常榮幸地能參加這次的會議。

② Opening a presentation 開始簡報

開始簡報可先提出重點或簡報摘要，例

My presentation will cover the following aspects：

我的簡報將含蓋如下幾項摘要：

ⓐ Professional pharmacy practice as part of the health care system.

ⓑ Safe distribution of medicine.

ⓒ Co-operation for better drug therapy.

ⓓ Promotion of good health.

③ Main points 進入主題

演講部份的主要內容，例如將前項上例中每一項摘要大綱逐項詳細說明。

④ Conclusion 結論

演講後所做的總結，簡短的重述這場簡報的重點以加深聽眾對簡報內容的了解。

Finally, I would like to make a conclusion with this presentation…

最後我要為今天的簡報做結論…

We come to the conclusion that…

我們得到結論是……

⑤ Closing remarks 結尾語

即收場白結束簡報時的客套語。

Ladies and Gentleman, it has been my pleasure to give you my presentation.　Thank you very much for your kind attention.

各位女士，先生，非常榮幸為你作簡報，並感謝你的聆聽。

(6) 結　語

英語要說得好，說得流利，除了以上的方法外，最重要的還是自己對於學習英語的決心。除了不斷的練習外，還要多聽，多說，多背。台上十分鐘，台下十年功，天下沒有白吃的午餐。願與讀者共勉之。

第十一章

如何開始用英文寫作

　　寫作其實就是利用文字與他人溝通，表達你的思想，對事務的看法、想法。英文作文對大多數同學是最感頭痛的問題。有時連中文作文都已夠煩的，更何況要用英文來寫作文。現在不論大學學測，全民英檢考試或留學 TOEFL 考試，都有英文作文的測驗項目，可見英文作文的重要性。因為以後你可能必須應用到學校的學期報告，研究報告等的寫作。

　　其實英文寫作也如同說話一樣，只是你用寫的方式來敘述故事或說明事實讓別人知道而已。因此對於文法有了全面了解以後，你就可以放心大膽的實際去寫寫看，這比多看多背重要多了。

(1) 首先從寫出一個句子開始

　　句子是組成文章的基礎。

　　〔單字＋單字＋單字（或片語）〕⇒句子（簡單句）

　　〔句子＋句子，句子〕⇒ 併合句 ⇒段落⇒文章
　　　　　　　　　　　　　 複合句

　　首先，從簡單寫出一個句子開始。學會寫一句完整的句子。最簡單的句子包括主詞和動詞。

　　再把句子＋句子＋句子……連接組成文章了。

　　在寫出句子的同時須注意：

1. 首先，要先確定句子的主角，即句子敘述的主詞和動詞，這是句子的關鍵。然後再寫出受詞或補語及適當的修飾語。

2. 在寫主詞時要有單複數或可數，不可數的觀念。

3. 在寫動詞時要連想到是否為第三人稱單數要加 S，或時態過去式，過去分詞是否要加 ed 等。

4. 主詞和動詞的一致性，主詞單數則動詞用單數，主詞複數則動詞用複數。

5. 基本句型的句子也可隨著須要延長擴增。

例：<u>I</u> <u>play</u> <u>basketball</u>.
　　　S.　V.　　　O

　　I play basketball everyday.

　　I play basketball everyday after work.

　　I play basketball everyday after work to lose weight.

(2) 應用動詞的五種基本句型 寫出不同的句子

1. S＋V

　Birds fly.

2. S＋V＋O

　I love you.

3. S＋V＋C

　She is a student.

4. S＋V＋IO＋DO

　She gave me an apple.

5. S＋V＋O＋C

　He made me happy.

其中第 2 和第 3 種句型最常用，也最簡單只要三個單字就可以說出或寫出一個完整句子。所以只要記住動詞的五種基本句型就很容易了解。對於不敢說英文或寫英文的人，多加應用，保證學會。

例：He walks fast.
　　　S.　V.　adv

My Ma is watching TV.
　　S.　　V.　　　O.

Boston is a nice city.
　　S.　V.　　C.

Mary and Betty are good friends.
　　　　S.　　　V.　　　C.

(3) 進一步活用複合句

學會了簡單句以後，應更進一步活用複合句寫法，讓句子，文章更有意義，更有深度。即在兩個子句中要有一個語意適當的連接詞。

例：1. I planned to call her, but her line was busy.
　　　　我打算打電話給她，但她的電話忙線中。

　　2. When she has free time, she listens to music.
　　　　當她有空閒時，她會聽音樂。

　　3. This is the car which is produced in Japan.
　　　　＝This is the car produced in Japan.
　　　　這是日本製造的汽車。

(4) 應用作文基本結構

英語基本短文寫作有一定的基本結構。一般來說英文短文結構大體可分為三部份：

①主旨部份（Topic sentence）——說明文章的目的，主要內容。

②論述部份（Supporting sentence）——對文章主題進行詳細闡述，論證，是文章的主體。

③結論部份（Conclusion）——作出結論，表明態度。結論需對應主題。

這種三段式的寫作，簡單實用，開始練習英文寫作時，單字不需要艱深，以一般常用的字彙即可。而寫一篇內容充實的短篇文章只要 200 個單字左右即可。因此平常寫作文也可以此種方式練習。對於全民英檢，大學學測，TOEFL 等的作文寫作測驗將會有所幫助。

英文作文不論是平常寫作文或考試時作文，對於所給予的題目，一定要充分的了解。在實際動筆寫作之前應先想一想，這個題目要說些什麼，心中先有大綱構想。這個題目是用什麼文體來寫較好，如果是論說文一般會使用現在式，例如，「談教育改革」。如果記述文一般使用過去式，例如，「難忘的紐約之旅」。在心中先有了寫作大網之後，應用作文基本結構，以最常用三段式來寫，即主旨，論述，結論。首先說明全篇大意，再依照邏輯或時間順序敘述所發生的事情或說明闡述思想，最後再作總結，表達作者對事件或論點的看法。萬事起頭難，開始第一次總是提筆千斤重，多寫多看，也可以先從寫日記開始，寫給自己看。把心裡所想的，用筆寫出來就是作文，如同說話是一樣的。

(5) 英文作文須注意事項

①作文要切題－和中文作文一樣，英文作文也一定要文對題。內容的書寫一定要根據題目要求，不可答非所問或文不對題，這是最不可原諒的。

②句子開頭第一個字要大寫。

<u>He</u> is a teacher.

③文法，句型要正確，而且有變化。

④不一定要使用艱深難懂的字詞，但是文法要正確運用恰當。

⑤文章要有「啟，承，轉，合」，讓文章有連貫性而通順。

　　例：「起」Generally speaking, S＋V（一般而言）

　　　　「承」According to＋名詞，S＋V（根據）

　　　　「轉」By the way，S＋V （順便一提）

　　　　「合」In conclusion, we should＋V（結論是，我們應…）

⑥正確使用標點符號

　　英語的標點符號

　　ⓐ句點或句號（period）．——表示句子的結束。

　　ⓑ問號（question mark）？——疑問句用問號結束。

ⓒ感嘆號（exclamation point）！── 表達情感的強烈態度和語氣。

ⓓ逗點（comma），── 分開句子，轉換語氣，讓句子的意思更加清楚。

ⓔ分號（semi colon）；── 放在兩個以上獨立的子句之間作為間歇，停頓的符號。

ⓕ冒號（colon）：── 冒號在句子中有引導、列舉、解釋、引伸等作用。

ⓖ引號（quotation）"　" ── 顯示在引號裡的字句是直接引用他人的用辭或話語。

ⓗ破折號（dash）─ ── 用來分隔句子作為插入性解釋。

ⓘ連字號（hyphen）─ ─ ── 用來表示連接字，表示各個字分開，所以有連接，也有分開字的作用。

例：pick－me－up

　　rock－forming

短文實例：English

㊀主旨部份

English is perhaps the most important language in the world today. It is used by more than 600 million people. It is also studied by millions of people as a foreign language.

㊁論述部份

English has become the world language of business

and science. It is also the language of popular music, movies, and video games.

㈢結論部份

We should all learn English because it is a very important language. But we should not study it only because it is a school subject. We should learn it because it is useful and interesting.

And if we are good in English, we will have more opportunities in life.

〔註〕：摘錄自國中英語教本，國立編譯館主編

〔譯文〕

英文可能是現今世界上最重要的語言。有超過六億的人使用英語。同時有數百萬的人當做第二外語來學習。

英文已經變成商業和科學的世界語言。它也是流行樂、電影和電腦遊戲的語言。

我們所有人應該學英文因為它是非常重要的語言。但是我們不應學習它只是因為它是學校的學科而已。我們應該學英文因為它是有用的和有趣的。如果我們精通英文，在生活上我們將有更多的機會。

短文實例：Computers

㈠主旨部份

Computers are very popular now. Many people who were afraid of computers at first now feel they are easy to use. They can write stories, draw pictures, and solve math problems on the computer. There is software that teaches things like languages and math. There are also fun and exciting games.

㈡述論部份

Computers can be linked together. We can use them to send e-mail or talk to people in different place in the world. Because communication has become so easy and convenient, the world is like a small village.

㈢結論部份

Computers are very important, but we should remember they are just machines that we use. After all, they can't solve all the problems we have.

〔註〕：摘錄自國立編譯館，國中英語教本。

電　腦

〔譯文〕

電腦現在已非常普遍，許多原先害怕電腦

的人現在也感覺它們很容易使用。他們可以在電腦上寫故事、畫圖，和解答數學問題。有些軟體還可以教語言和數學。非常有趣和令人興奮的遊戲。

電腦也可以被連接在一起。我們可以利用它們來寄電子郵件或與全世界不同地方的人來聊天。因此溝通已經變成非常容易和方便了。世界就像小村落一樣。

電腦非常重要，但我們應該記住它只是我們使用的機器，必竟它們不能解決我們所有的問題。

Biography: Helen Keller

㊀主旨部份

Helen keller was born a health, normal child in Alabama in 1880. However, an illness accompanied by a high fever struck her while she was still an infant, leaving her deaf, blind, and unable to speak.

㊁論述部份

For little Helen, the world was suddenly a dark and frightening place. She reacted by becoming wild and stubborn. Several years later a miracle came into Helen's life When Ann Sullivan, a strong and loving person, became Helen's teacher. Miss Sullivan's teaching changed a near savage child into a responsible human being. Through her help, Helen Keller learned to communicate with those around her, and as she grew older, others benefited from her unique insight and courage.

㈢結論部份

Miss Keller died in 1968, but her spirit lives on. It lives on in her articles and books and in the stories of people who were fortunate enough to meet her during her life time.

〔註〕：Biography〔baɪˈogrəfɪ〕n.傳記

infant〔ˈɪnfənt〕n.嬰兒

stubborn〔ˈstʌbən〕adj 頑固的

savage〔ˈsævɪdʒ〕adj 野蠻的，兇暴的

傳記：海倫凱勒

〔譯文〕

海倫凱勒 1880 年出生在美國阿拉巴馬州，是個健康正常的小孩。然而當她還是嬰兒時，一場疾病伴隨著高燒襲擊了她，使她又聾又瞎，而且不能說話。

對於小海倫，世界突然變得黑暗和恐懼的地方。她開始變得又野又頑固。幾年以後，奇蹟出現在海倫的生命中，當安·蘇立文變成海倫的老師，一位堅強又有愛心的女士。蘇立文

小姐的教誨改變了一位幾近蠻橫的小孩變成一位負責任的人。經過她的幫助,海倫凱勒學習到與圍繞著她的那些人溝通。而當她逐漸長大,其他的人也從她獨特的洞察力和勇氣得到益處。

　　海倫凱勒死於 1968 年,但她的精神永垂不朽。它的精神活在她的文章著作和書籍和一些在她有生之年幸運遇到她的人的故事裡。

第十二章

英語論文與研究報告寫作方法

　　現在隨著國際化腳步的趨勢，當你要向世人發表你的主張，看法時，你必須用英文寫作討論會報告（research paper），這已是世界的潮流。事實上研究報告從收集資料，整理資料，再用英文撰寫成論文，對多數人而言，仍是極大的挑戰。另外大學或研究生的學位論文寫作，對大學生或研究生而言，更是重要的課程，也是困難的工作，更是重要的英文寫作訓練。學術論文寫作是一項專門，而且專業的寫作，也是英語寫作的最高境界。

　　英語論文寫作不同於一般英文寫作，因為它要有系統而且清楚地陳述研究的問題和執行的過程，並且詮釋研究的結果，再撰寫成一篇研究論文。研究論文寫作對大多數人仍是一項大挑戰。

　　但是論文的寫作方式和結構是有規則性的，必須依循標準的格式來撰寫。許多人第一次用英文寫作論文時，多會先以中文草擬內容，最後才翻譯成英文文章，這並無可厚非。但是英語論文寫作牽涉到各種不同科學領域，像醫學、藥學、化學、政治、經濟、電腦科技等。所以首先必須具備專業英語領域的知識，同時對於論文特有的寫作方式和表達句型加以了解，才能使寫作順暢。

　　論文的結構有一定的格式，幾乎所有投稿單位會要求投稿人依據特定格式書寫。最廣泛使用的格式〔IMRD〕是最基本的。I 代表 Introduction（導論），M 代表 Methods（方法），R 代表 Results（結果），D 代表 Discussion（討論）。

(1) 如何開始英語論文寫作

以下幾個步驟可供參考：

1. 開始著手收集相關資料(Finding information on your Subject)

第一步就是收集你想要的題目的資料，最簡單的地方就是圖書館。論文研究報告是從許多資料，像書籍，論文，期刊，雜誌，專訪或問卷調查等收集而來，再寫出它的成果。所以它的目的是集合事實，理想，並研究它來推論出一個新的觀念或新的有趣的見解。

論文撰寫的內容有這麼許多資料來源，但它並不是要你讀完消化任何一本書或一篇文章，而是要你如何從其中獲得有用的資料。

2. 決定題目和內容（set up title）

從圖書館的分類論文題目種類中，你可以參考比較，找出你想要的新題目。有的參考書目（Bibliography）給你的主題或某種基礎事實的介紹，也可以給予你一個好的開始。從研究參考的書目中來找尋題目，主題，設定自己論文的標題（Title）。

論文的標題也是論文寫作重要的一環，好的標題是吸引讀者閱讀的動機。所謂好的標題應是一目了然，而且儘可能以最少的辭彙而又能精確的描述論文的內容。論文的標題是吸引讀者閱讀最重要的第一印象。

3. 設定圖書目錄（your working bibliography）

善用圖書館來選擇你需要的圖書目錄作為參考文獻。有時是教科書，其他論文或期刊。按照文獻作者英文姓名順序總整理成一份參考書目。

在確認你的一般參考書目時，有時你也會發現那個圖書館有特別的書，對你正在研究的主題，也許可以提供有幫助的資料。科學的研究往往是依循前人的研究成果與發現，再進一步發現新的研究或新的觀念。因此參考文獻在論文寫作中扮演重要角色。撰寫論文前，研究者必須已經讀遍該領域的相關著作或論文。

至於一篇論文或報告，到底需要查閱多少參考文獻，這是沒有一定的標準，當然儘量參考了解當然是最好。根據美國大學中教導的標準，大約是字數在兩千字左右的報告，參考文獻約 5～6 種，字數達五千字的報告，參考文獻約 15～20 種。

4. 記錄閱讀摘要（Taking notes on your reading）

在研究過程中除非你把閱讀過的有用資料隨手記錄下來，否則當你要開始寫作論文時可能已經忘了，無法組織並引用資料。如果你有很小心地記錄你的閱讀摘要，你很容易的把所有主題攤開，而且按順序編列。在撰寫時即可以應用。記錄摘要包括文獻來源、作者、書名、年份、出版社、頁數等以及主要內容。

5. 組識計劃論文內容（Organizing your notes and planning your paper）

在整理你的閱讀摘要，要如何應用，端看你的主題的需要，然後決定論文的構想。回想一些有用的觀念，你將會有一個明顯的關於你要寫作論文的輪廓。但也不要太早下評論，考慮各種可能的情況後再寫出綱要（outline）。然後再回頭檢查你的資料，看是否可以加到綱要裡面去，並決定你所希望呈現的事實和理想的關係。準備好了綱要，你就可以真正來為寫作論文做準備。當你利用綱要當指引寫作時，可能會引發更多的聯想或新觀念出現。

6. 準備註腳（prepare footnotes）

論文中若引用他人見解或論說，必須明確記錄引文（quotation）的出處。引文包括直接引用或間接引用。

直接引文就是抄錄於論文中的參考資料原文，必須一字不漏照抄原文，甚至標點符號也不能寫錯。間接引文則是作者擇要引用原文改寫，並且無損原意。但要在引文右上方標上號碼，並於該號註釋中明示出處。引文必須兼顧內文引用和參考書目欄兩部份。內文引用就是在正文引用文獻的地方標上數字編號，或者直接標記文獻作者的姓氏。讀者只要依照作者姓氏或數字對照文後附註的參考書目欄，就可以找到文獻的完整來源，包括作者，書名，或期刊，出版日期，出版單位等。

7. 開始寫出草稿

這裡要特別說明的是，縱使你做了一項好的研究報告，如果你無法用論文方式，精采的寫出，再好的研究也會失色。在這階段你應該已經完成論文綱要。有了綱要便很容易把條例式大綱添寫成充實有系統的文章，完成初稿寫作。

初稿完成以後再小心檢查，是否須要潤稿（revising）。潤稿係指仔細閱讀草稿，增添例證、定義、摘要以及一切有助於文章的材料，同時刪去重複或不順的文字。仔細閱讀修飾文字使文章通順，並檢查文章句子結構是否正確合理，務求完善地表達自己的見解。

(2) 英語論文結構

英語論文的整體結構至少應具備下列基本項目：

① Title page（標題頁）

② Preface（序言）

③ Abstract（摘要）

④ Table of contents（目錄）

⑤ Introduction（導論）

⑥ Chapter（章）

⑦ Conclusion（結論）

⑧ List of references（參考文獻）

① Title page 標題頁

標題 （每個字母都 大寫）	A STUDY OF POTENTIAL DRUG INTERACTIONS AT COMMUNITY PHARMACY IN BOSTON CITY
學校名稱 （學院或科系）	A THESIS PRESENTED TO THE FACULTY OF THE DEPARTMENT OF PHARMACY NORTHEASTEN UNIVERSITY IN PARTIAL FULFILLMENT FOR THE DEGREE
攻讀學位	OF MASTER OF SCIENCE
	BY
作者全名	CHIA-MING WANG
呈送年月日	MARCH 30, 2008

本頁標題內容格式儘供參考。

② preface 序言

主要敘述研究動機，背景，領域及研究目的，有時也可以將謝辭放入序中。

PREFACE

I have written this paper with much concern about drug interactions nowadays, Many patients visit more than one doctor for their different diseases and receive more than one drug at a time.　The patients are exposed to the risk when they were treated with multiple drugs. Pharmacists as a health care providers should intervene any potential drug interactions happened..··
··

---

③ Abstract 論文摘要

有些論文必須在論文前後放一篇論文摘要。但是通常留待論文完稿後再撰寫較完整。論文摘要是整篇文章的精華，在期刊或國際研究會議所發表的論文摘要，其字數通常被要求 200～300 字左右。審核論文的單位通常會要求論文摘要寫作按照論文格式寫出。

　ⓐ purpose（目的）

　ⓑ methods（方法）

　ⓒ Results（結果）

　ⓓ conclusion（結論）

實例如下：

標題 （**大寫**）	A STUDY OF POTENTIAL DRUG INTERACTIONS AT COMMUNITY PHARMACY IN BOSTON
作者： 有幾位共同作者時，第一作者在右上角加註"＊"記號	Chia-ming Wang*, Michle Lee, John Smith, Ruth Davis
單位：	Department of pharmacy Northeastern university

Purpose: To assess the significance and severity of potential drug interactions of prescriptions (PDIP) collected from community pharmacy in Boston.

Methods:1. A prospective review of potential drug interactions was conducted for a period of six Months in the prescriptions received at community pharmacy.

2. All the collected prescriptions were assessed for potential drug interactions.

Results: patients with one or more PDIP used a significantly larger number of drugs than those without PDIP……

Conclusion：The outcome of the PDIP can be harmful if the interaction causes an alteration in therapeutic and toxicity profile of the drugs.…

④ Table of contents 目錄

⑤ Introduction（導論）

本文通常從導論開始，也可以把導論放在第一章。不論是標示 Introduction 或 Chapter I，都視為是本文最開始的章節。

⑥ Chapter 章

每章的開始都要另起一頁書寫。

⑦ Conclusions 結論

最後一章的開頭將研究的問題和所得到的答案或結果扼要地重述一遍做為文章結論。

常用的結論句型

In conclusions,

To conclude,

To sum up,

⑧ References 參考書目

列出參考書目時，依序註明作者全名，書名，第幾版，出版社名稱，出版地點，出版年份，參考頁數等。方便讀者參閱時的參考。

例：1. Hansten, P.D.: Drug interactions, Lea and Febiger phila dephia, 1985.

2. Duffy, MA: Physicians' Desk Reference, 46 th Ed. Medical Economics Data, Montrale, N.J. 1992.

3. Roe, D.A.: Dieat and Drug Interactions, Van Nostrand Reinhold, New York, 1989, 158-159, 170-175.

(3) 結　語

英語論文從研究方向與主題構思開始，乃至大綱完成，以及開始英文寫作與投稿的程序，可說是相當漫長而且是艱辛枯燥的工作，須要極大的耐心和毅力才能完成。因此平常必須不斷的加強英語寫作的練習。

參考書目

1. Carroll Washington Pollock: Communicate what you mean. prentice-Hall, INC, New Jersey, 1982.

2. Reader's Digest: Write better speak better. Reader's Digest Asia LTD, Hong Kong, Singapore and Manila, 1973.

3. Lassor A. Blumenthal: The art of letter writing. Grosset & DunLap, inc, New York, 1977.

4. George Draper & Edgar Sather: It's all in a day's work. Newbury House Pubishers, INC. Massachusetts, 1980, second Edition.

5. Laurence Urdang: The American Century Dictionary First printing, New York, Warner Books, INC. 1996

6. 柯旗化：國中新英文法，第一出版社。高雄市，民國 84 年

7. 顏元叔：21 世紀現代英文法（進階篇）。台北，萬人出版社，2006 年 4 月初版。

8. 王再得（David Wang）：學習、成長、我的夢，初版。台北，圓神出版社，民國 85 年。

9. 張秀珍：英語口譯（上），中華電視公司。台北，民國 94 年 8 月。

10. 王嘉明：虛擬實境英語速成，初版。台北，大展出版社，民國 88 年。

11. 王嘉明：學會美式俚語會話。台北，大展出版社，民國 85 年。

12. 洪麗珠：英語一分鐘演講。台北，學習出版社，民國 76 年 4 月。

13. Willian Stephens，陳品含翻譯：Making presentations 用英文做簡報。台北，遠流出版社，民國 84 年 5 月。

14. 呂理正：英中翻譯的研究，初版。台北，萬人出版社，2006 年 7 月。

15. 林耀福博士：如何寫好英文作文。台北縣，萬人出版社，84 年 9 月。

16. 林叙儀編譯：如何寫英文論文與報告，初版。台北，學習出版社。民國 76 年 3 月。

17. 王貳瑞：學術論文寫作，初版。台北，台灣東華書局，民國 92 年。

18. 小田麻里子，味園真紀，馮慧瑛譯：英文論文〔句型，片語〕表現集，初版，第 1 刷。台北，博識圖書出版，2004 年。

19. 廖柏森：英文研究論文寫作，初版一刷。台北，眾文圖書出版，民國 95 年 2 月。

20. R. Lewis N. whitby E. whitby 廖柏森審閱：英文科學論文寫作。台北市，眾文圖書出版，民國 96 年。

21. 胡淼琳：科學論文之英文寫作與範例解析，初版。台北市，合記圖書，2006 年。

大展出版社有限公司
品冠文化出版社

圖書目錄

地址：台北市北投區(石牌)
　　　致遠一路二段 12 巷 1 號
郵撥：01669551＜大展＞
　　　19346241＜品冠＞

電話：(02)28236031
　　　28236033
　　　28233123
傳真：(02)28272069

・熱 門 新 知・ 品冠編號 67

1.	圖解基因與 DNA		中原英臣主編	230 元
2.	圖解人體的神奇	（精）	米山公啟主編	230 元
3.	圖解腦與心的構造	（精）	永田和哉主編	230 元
4.	圖解科學的神奇	（精）	鳥海光弘主編	230 元
5.	圖解數學的神奇	（精）	柳 谷 晃著	250 元
6.	圖解基因操作	（精）	海老原充主編	230 元
7.	圖解後基因組	（精）	才園哲人著	230 元
8.	圖解再生醫療的構造與未來		才園哲人著	230 元
9.	圖解保護身體的免疫構造		才園哲人著	230 元
10.	90 分鐘了解尖端技術的結構		志村幸雄著	280 元
11.	人體解剖學歌訣		張元生主編	200 元

・名 人 選 輯・ 品冠編號 671

1.	佛洛伊德	傅陽主編	200 元
2.	莎士比亞	傅陽主編	200 元
3.	蘇格拉底	傅陽主編	200 元
4.	盧梭	傅陽主編	200 元
5.	歌德	傅陽主編	200 元
6.	培根	傅陽主編	200 元
7.	但丁	傅陽主編	200 元
8.	西蒙波娃	傅陽主編	200 元

・圍 棋 輕 鬆 學・ 品冠編號 68

1.	圍棋六日通	李曉佳編著	160 元
2.	布局的對策	吳玉林等編著	250 元
3.	定石的運用	吳玉林等編著	280 元
4.	死活的要點	吳玉林等編著	250 元
5.	中盤的妙手	吳玉林等編著	300 元
6.	收官的技巧	吳玉林等編著	250 元
7.	中國名手名局賞析	沙舟編著	300 元
8.	日韓名手名局賞析	沙舟編著	330 元

·象棋輕鬆學· 品冠編號 69

1.	象棋開局精要	方長勤審校	280 元
2.	象棋中局薈萃	言穆江著	280 元
3.	象棋殘局精粹	黃大昌著	280 元
4.	象棋精巧短局	石鏞、石煉編著	280 元

·生 活 廣 場· 品冠編號 61

1.	366 天誕生星	李芳黛譯	280 元
2.	366 天誕生花與誕生石	李芳黛譯	280 元
3.	科學命相	淺野八郎著	220 元
4.	已知的他界科學	陳蒼杰譯	220 元
5.	開拓未來的他界科學	陳蒼杰譯	220 元
6.	世紀末變態心理犯罪檔案	沈永嘉譯	240 元
7.	366 天開運年鑑	林廷宇編著	230 元
8.	色彩學與你	野村順一著	230 元
9.	科學手相	淺野八郎著	230 元
10.	你也能成為戀愛高手	柯富陽編著	220 元
12.	動物測驗—人性現形	淺野八郎著	200 元
13.	愛情、幸福完全自測	淺野八郎著	200 元
14.	輕鬆攻佔女性	趙奕世編著	230 元
15.	解讀命運密碼	郭宗德著	200 元
16.	由客家了解亞洲	高木桂藏著	220 元

·血型系列· 品冠編號 611

1.	A 血型與十二生肖	萬年青主編	180 元
2.	B 血型與十二生肖	萬年青主編	180 元
3.	O 血型與十二生肖	萬年青主編	180 元
4.	AB 血型與十二生肖	萬年青主編	180 元
5.	血型與十二星座	許淑瑛編著	230 元

·女醫師系列· 品冠編號 62

1.	子宮內膜症	國府田清子著	200 元
2.	子宮肌瘤	黑島淳子著	200 元
3.	上班女性的壓力症候群	池下育子著	200 元
4.	漏尿、尿失禁	中田真木著	200 元
5.	高齡生產	大鷹美子著	200 元
6.	子宮癌	上坊敏子著	200 元
7.	避孕	早乙女智子著	200 元
8.	不孕症	中村春根著	200 元
9.	生理痛與生理不順	堀口雅子著	200 元

10. 更年期   野末悅子著 200 元

·傳統民俗療法· 品冠編號 63

1.	神奇刀療法	潘文雄著	200 元
2.	神奇拍打療法	安在峰著	200 元
3.	神奇拔罐療法	安在峰著	200 元
4.	神奇艾灸療法	安在峰著	200 元
5.	神奇貼敷療法	安在峰著	200 元
6.	神奇薰洗療法	安在峰著	200 元
7.	神奇耳穴療法	安在峰著	200 元
8.	神奇指針療法	安在峰著	200 元
9.	神奇藥酒療法	安在峰著	200 元
10.	神奇藥茶療法	安在峰著	200 元
11.	神奇推拿療法	張貴荷著	200 元
12.	神奇止痛療法	漆 浩 著	200 元
13.	神奇天然藥食物療法	李琳編著	200 元
14.	神奇新穴療法	吳德華編著	200 元
15.	神奇小針刀療法	韋丹主編	200 元
16.	神奇刮痧療法	童佼寅主編	200 元
17.	神奇氣功療法	陳坤編著	200 元

·常見病藥膳調養叢書· 品冠編號 631

1.	脂肪肝四季飲食	蕭守貴著	200 元
2.	高血壓四季飲食	秦玖剛著	200 元
3.	慢性腎炎四季飲食	魏從強著	200 元
4.	高脂血症四季飲食	薛輝著	200 元
5.	慢性胃炎四季飲食	馬秉祥著	200 元
6.	糖尿病四季飲食	王耀獻著	200 元
7.	癌症四季飲食	李忠著	200 元
8.	痛風四季飲食	魯焰主編	200 元
9.	肝炎四季飲食	王虹等著	200 元
10.	肥胖症四季飲食	李偉等著	200 元
11.	膽囊炎、膽石症四季飲食	謝春娥著	200 元

·彩色圖解保健· 品冠編號 64

1.	瘦身	主婦之友社	300 元
2.	腰痛	主婦之友社	300 元
3.	肩膀痠痛	主婦之友社	300 元
4.	腰、膝、腳的疼痛	主婦之友社	300 元
5.	壓力、精神疲勞	主婦之友社	300 元
6.	眼睛疲勞、視力減退	主婦之友社	300 元

·休閒保健叢書· 品冠編號 641

1.	瘦身保健按摩術	聞慶漢主編	200 元
2.	顏面美容保健按摩術	聞慶漢主編	200 元
3.	足部保健按摩術	聞慶漢主編	200 元
4.	養生保健按摩術	聞慶漢主編	280 元
5.	頭部穴道保健術	柯富陽主編	180 元
6.	健身醫療運動處方	鄭寶田主編	230 元
7.	實用美容美體點穴術＋VCD	李芬莉主編	350 元

·心 想 事 成· 品冠編號 65

1.	魔法愛情點心	結城莫拉著	120 元
2.	可愛手工飾品	結城莫拉著	120 元
3.	可愛打扮 & 髮型	結城莫拉著	120 元
4.	撲克牌算命	結城莫拉著	120 元

·健康新視野· 品冠編號 651

1.	怎樣讓孩子遠離意外傷害	高溥超等主編	230 元
2.	使孩子聰明的鹼性食品	高溥超等主編	230 元
3.	食物中的降糖藥	高溥超等主編	230 元

·少 年 偵 探· 品冠編號 66

1.	怪盜二十面相	（精）	江戶川亂步著	特價 189 元
2.	少年偵探團	（精）	江戶川亂步著	特價 189 元
3.	妖怪博士	（精）	江戶川亂步著	特價 189 元
4.	大金塊	（精）	江戶川亂步著	特價 230 元
5.	青銅魔人	（精）	江戶川亂步著	特價 230 元
6.	地底魔術王	（精）	江戶川亂步著	特價 230 元
7.	透明怪人	（精）	江戶川亂步著	特價 230 元
8.	怪人四十面相	（精）	江戶川亂步著	特價 230 元
9.	宇宙怪人	（精）	江戶川亂步著	特價 230 元
10.	恐怖的鐵塔王國	（精）	江戶川亂步著	特價 230 元
11.	灰色巨人	（精）	江戶川亂步著	特價 230 元
12.	海底魔術師	（精）	江戶川亂步著	特價 230 元
13.	黃金豹	（精）	江戶川亂步著	特價 230 元
14.	魔法博士	（精）	江戶川亂步著	特價 230 元
15.	馬戲怪人	（精）	江戶川亂步著	特價 230 元
16.	魔人銅鑼	（精）	江戶川亂步著	特價 230 元
17.	魔法人偶	（精）	江戶川亂步著	特價 230 元
18.	奇面城的秘密	（精）	江戶川亂步著	特價 230 元
19.	夜光人	（精）	江戶川亂步著	特價 230 元

20. 塔上的魔術師	（精）	江戶川亂步著	特價 230 元
21. 鐵人Ｑ	（精）	江戶川亂步著	特價 230 元
22. 假面恐怖王	（精）	江戶川亂步著	特價 230 元
23. 電人Ｍ	（精）	江戶川亂步著	特價 230 元
24. 二十面相的詛咒	（精）	江戶川亂步著	特價 230 元
25. 飛天二十面相	（精）	江戶川亂步著	特價 230 元
26. 黃金怪獸	（精）	江戶川亂步著	特價 230 元

・武 術 特 輯・大展編號 10

1. 陳式太極拳入門	馮志強編著	180 元
2. 武式太極拳	郝少如編著	200 元
3. 中國跆拳道實戰 100 例	岳維傳著	220 元
4. 教門長拳	蕭京凌編著	150 元
5. 跆拳道	蕭京凌編譯	180 元
6. 正傳合氣道	程曉鈴譯	200 元
7. 實用雙節棍	吳志勇編著	200 元
8. 格鬥空手道	鄭旭旭編著	200 元
9. 實用跆拳道	陳國榮編著	200 元
10. 武術初學指南	李文英、解守德編著	250 元
11. 泰國拳	陳國榮著	180 元
12. 中國式摔跤	黃　斌編著	180 元
13. 太極劍入門	李德印編著	180 元
14. 太極拳運動	運動司編	250 元
15. 太極拳譜	清・王宗岳等著	280 元
16. 散手初學	冷　峰編著	200 元
17. 南拳	朱瑞琪編著	180 元
18. 吳式太極劍	王培生著	200 元
19. 太極拳健身與技擊	王培生著	250 元
20. 秘傳武當八卦掌	狄兆龍著	250 元
21. 太極拳論譚	沈　壽著	250 元
22. 陳式太極拳技擊法	馬　虹著	250 元
23. 三十四式太極拳／三十二式太極劍	闞桂香著	180 元
24. 楊式秘傳 129 式太極長拳	張楚全著	280 元
25. 楊式太極拳架詳解	林炳堯著	280 元
26. 華佗五禽劍	劉時榮著	180 元
27. 太極拳基礎講座：基本功與簡化 24 式	李德印著	250 元
28. 武式太極拳精華	薛乃印著	200 元
29. 陳式太極拳拳理闡微	馬　虹著	350 元
30. 陳式太極拳體用全書	馬　虹著	400 元
31. 張三豐太極拳	陳占奎著	200 元
32. 中國太極推手	張　山主編	300 元
33. 48 式太極拳入門	門惠豐編著	220 元
34. 太極拳奇人奇功	嚴翰秀編著	250 元